大家小书

《红楼梦》与中国旧家庭

萨孟武 著

北京出版集团公司
北京出版社

图书在版编目（CIP）数据

《红楼梦》与中国旧家庭 / 萨孟武著．— 北京：北京出版社，2016.7
（大家小书）
ISBN 978-7-200-12090-5

Ⅰ．①红…　Ⅱ．①萨…　Ⅲ．①《红楼梦》研究　Ⅳ．①I207.411

中国版本图书馆CIP数据核字（2016）第077068号

·大家小书·

《红楼梦》与中国旧家庭
《HONGLOU MENG》YU ZHONGGUO JIU JIATING
萨孟武　著
*
北京出版集团公司
北京出版社　出版
（北京北三环中路6号　邮政编码：100120）
网　址：www.bph.com.cn
北京出版集团公司总发行
新华书店经销
北京华联印刷有限公司印刷
*
880毫米×1230毫米　32开本　7.875印张　129千字
2016年7月第1版　2023年4月第6次印刷
ISBN 978-7-200-12090-5
定价：34.00元
质量监督电话：010-58572393

序　　言

袁行霈

“大家小书”，是一个很俏皮的名称。此所谓“大家”，包括两方面的含义：一、书的作者是大家；二、书是写给大家看的，是大家的读物。所谓“小书”者，只是就其篇幅而言，篇幅显得小一些罢了。若论学术性则不但不轻，有些倒是相当重。其实，篇幅大小也是相对的，一部书十万字，在今天的印刷条件下，似乎算小书，若在老子、孔子的时代，又何尝就小呢？

编辑这套丛书，有一个用意就是节省读者的时间，让读者在较短的时间内获得较多的知识。在信息爆炸的时代，人们要学的东西太多了。补习，遂成为经常的需要。如果不善于补习，东抓一把，西抓一把，今天补这，明天补那，效果未必很好。如果把读书当成吃补药，还会失去读书时应有的那份从容和快乐。这套丛书每本的篇幅都小，读者即使细细地阅读慢慢地体味，也花不了多少时间，可以充分享受读书的乐趣。如果把它们当成补药来吃也行，剂量小，吃起来方便，消化起来也容易。

我们还有一个用意，就是想做一点文化积累的工作。把那些经过时间考验的、读者认同的著作，搜集到一起印刷出版，使之不至于泯没。有些书曾经畅销一时，但现在已经不容易得到；有些书当时或许没有引起很多人注意，但时间证明它们价值不菲。这两类书都需要挖掘出来，让它们重现光芒。科技类的图书偏重实用，一过时就不会有太多读者了，除了研究科技史的人还要用到之外。人文科学则不然，有许多书是常读常新的。然而，这套丛书也不都是旧书的重版，我们也想请一些著名的学者新写一些学术性和普及性兼备的小书，以满足读者日益增长的需求。

“大家小书”的开本不大，读者可以揣进衣兜里，随时随地掏出来读上几页。在路边等人的时候，在排队买戏票的时候，在车上、在公园里，都可以读。这样的读者多了，会为社会增添一些文化的色彩和学习的气氛，岂不是一件好事吗?

“大家小书”出版在即，出版社同志命我撰序说明原委。既然这套丛书标示书之小，序言当然也应以短小为宜。该说的都说了，就此搁笔吧。

萨孟武的睿智与清醒

黄朴民

在我所欣赏和喜欢的学者之中，萨孟武先生无疑是一位。读他的著作，可以让我明白历史学固然是一种知识，但更是一种智慧。知识固然重要，但睿智更有价值。

萨孟武（1897—1984）是著名社会学家，或者说政治学家，并非严格意义上的历史学家，萨氏家族属福州八大家族之一，曾任厦门大学校长的萨本栋，著名海军将领萨镇冰，都是他家族里面的显赫人物。萨孟武本人早年就读于日本京都帝国大学法学部政治系，后来在国民党的中央军校工作过，当过教授，办过刊物，也是当时著名的十教授《中国本位的文化建设宣言》发起者之一。他后来当了中山大学法学院院长，1949年以后去台湾，担任台湾大学法学院院长。台湾大学校长傅斯年去世后，萨孟武曾一度有希望接任台大校长一职，然而，终究是花落他家，失之交臂，让他颇为失落，郁闷不已。

萨孟武的著作很多，如《中国社会政治史》《中国政治思想史》《西洋政治思想史》《儒家政论衍义》《中国宪政新论》《新国家论》《三民主义政治学》等，另外还有《学生时代》《中年时代》等自传体著述。萨孟武才华横溢、学贯中西，既熟谙中国历史，又留洋受过严格的西方学术训练，自能思接千载，视通万里，在各个学术领域都取得了骄人的成绩。

由于种种原因，萨孟武的社会学、政治学著作在今天的大陆并不流行，大陆读者接触和认识萨孟武，更多是通过他的三本学术性随笔著作，即《〈红楼梦〉与中国旧家庭》《〈水浒传〉与中国古代社会》《〈西游记〉与中国古代政治》，萨孟武自己曾开玩笑说：这三本书是姨太太的面孔，不是正夫人那种很正经的模样。但我读了这几本书以后特别受到启发，他把小说里虚构的情节与历史文献中所记载的一些史料进行对比，加以引申和发挥，对中国古代社会的婚姻制度、家族制度、社会生态、政治生态以及政治文化等，进行非常精到的解读，往往三言两语就把中国传统政治的特征说出来了。

萨孟武自己认为“在古典小说之中……写得最好的共有三部，《红楼梦》第一，《西游记》第二，《水浒传》第三”，为此在完成对《西游记》《水浒传》的解读后，他又写出《〈红楼梦〉与中国旧家庭》一书，以研究社会文化、社会关系的角度来对那部素有“满纸荒唐言，一把辛酸泪。都云作者痴，谁解其中味”之称的《红楼梦》做全新、独特的解读，巧妙地引领读者透过对贾府家庭生活的观察，重新认识中国传统家庭的基本内涵与鲜明特色，在此基础上深刻剖析传统社会的文化与伦理格局，理解与洞悉社会风气的流转，娓娓道来，举重若轻，触类旁通，钩玄提要，洞隐烛微，见解精微，可谓是别开生面、言近旨远。足以启迪心智，让人豁然开朗！

如写“探春的改革”一节，就反映了他对古今中外社会改革的卓荦识见。很显然，萨孟武他十分欣赏探春的能力，认为探春深谙治理之道，即“当局者迷，旁观者清”，她的庶出身份与边缘地位，决定了能深知荣府的积弊，看到收入不敷支出，实为荣府的最大危机，故其改革能抓住重点，选择正确的方向。而具有关键性的内容，一是节用，二是兴利，可谓以一驭万，抓纲举目，牵一发而动全身，一下子打开局面。更了不起的是，探春心有灵犀，无师自通，使其改革的实践与古人的刑赏两柄的政治艺术无缝对接，即建立改革者的权威，确保自己的改革措施能够顺利推行。其处理赵姨娘兄弟赵国基的身后抚恤，应对贾环、贾兰的年度零花费用申请，无不做到公正严明，从而确立了自己的权威。这些都说明探春其人深谙厉行改革之道之奥妙。萨孟武先生的总结十分到位：“凡有意改革之人，在改革以前，或先施惠以结人心，或先用刑使人警惕。施惠须从疏而贱者始，用刑须从亲而贵者始。若问惠与刑孰先，我欲依法家之说，刑先。”“齐家、治国、平天下”，对象不同，但性质相似。以小识大，“治众如治寡”，探春的改革，何尝不可以借镜为当权者管理国家的一种启示。萨孟武尽心评点探春改革的成败利钝、得失优劣，实有深意存也！

鲁迅先生有云：忠厚是无用的别名。一样的道理，正派乃是颟顸的代称。贾政这个人虽然比较古板，但心地不坏，做人做事都恪守底线，循规蹈矩，应该算是正派人物。机缘巧合，他在工部郎中任上，以考绩优异，外放为江西粮道。粮道管理钱谷，此职如同今日之财政厅厅长，无疑是个“肥缺”。谁知道贾政一门心思想做个清官、好官，“州县馈送，一概不受”。他自己这么清高，也就算了，问题是他的手下，那些门房签押受不了了。他们跟随贾政，是有自己小算盘的，即希冀趁机捞上一票，填饱私囊。可是现在贾政一搞廉政，自己也跟着喝西北风。于是差役们集体怠工。贾政出门拜客，轿夫迟迟不来，轿子出了衙门，炮只响了一声，鼓吹“只有一个打鼓，一个吹号筒”，而那些“执事却是搀前落后”，稀稀拉拉，无精打采，搞得贾政灰头土脸，狼狈不堪。他一心想做清官，结果让老滑吏李十儿给当头泼了冷水。弄得乱了方寸、手足无措。没奈何，只好遇上困难绕道走，到后来干脆撒手不管，走了另一个极端，放任属员为非作歹、肆意妄为，结果被参“失察属员，重征粮米”，请旨革职。所幸皇恩浩荡，只是“着降三级，仍以工部员外上行走”，未至于惹更大的麻烦。

萨孟武先生从小说这个情节中，看到中国古代官场的肮脏和恐怖，恶习盛行，宛若一口大染缸，导致整个官场价值颠倒、美丑不分，造成劣币驱逐良币，黄钟毁坏、瓦釜齐鸣。真是令人油然而生无穷的悲凉，为之气夺！而胥吏横行，胁制主官，迫使其不得不听其拨弄，不过是其中一个缩影而已。同时，也告诉我们，以君子之道与小人相周旋，失败的往往是君子，贾政就是一个例子。君子要治住小人，必须用其人之道以治其身，将自己先变为小人，可一旦变为小人，再想回归君子，又何尝容易！这难免让人们对官场文化的整治与肃清，产生莫名的惘然！毫无疑问，这也是萨孟武先生给我们的重要提示。

萨孟武先生这类卓识，在《〈西游记〉与中国古代政治》《〈水浒传〉与中国古代社会》两书中同样有精辟的阐述与发挥。可供大家在读《〈红楼梦〉与中国旧家庭》一书时做重要的参考。换言之，萨孟武先生这三本书最好能放在一起读，对比参勘，必然会有一种更深的体会。

比如他说中国传统的政治说白了就是三种政治形态的轮回。第一个阶段是兄弟政治，打虎亲兄弟，上阵父子兵，同心协力把旧王朝推翻了以后，自己当皇帝。但兄弟中间只能有一个皇帝，其他兄弟就会不服，总是觊觎大位，争夺最高权力，发生斗争，西周初年的三监之乱、西汉时期的吴楚七国之乱，就是兄弟政治破产的标志。兄弟政治破产后，小皇帝上台，不再依靠自己的兄弟，转而依靠母后及母后的娘家人，由此转为娘舅政治，也即外戚政治。外戚政治也容易产生问题，导致危机，如王莽及东汉后期外戚专权，往往与小皇帝产生权力冲突。小皇帝成人了，他总是千方百计想要改变这种局面，但由于太后和娘舅的阻隔，他和百官之间不敢交心，只能依赖身边那些朝夕相处的亲随近侍，即宦官。这些宦官在皇帝的支持下干掉娘舅，自己当政，“手握王爵，口含天宪”，形成宦官政治，也即所谓的马弁政治。因为宦官生理上有残缺，所以心态比较阴暗，很容易倒行逆施、肆意妄为，造成社会难以维系，“纲纪大乱”，于是各方重新洗牌，又开始新的兄弟政治。

萨孟武分析相关问题总是非常到位。他说中国社会里面，当官的通常是对上级负责，天天琢磨人、对付人，实际上是一门对付人的学问。中国的人才往往是对付人、琢磨人之才，而不是做事之才。从某种意义上讲，中国是“人才”过剩，而“事才”太缺，因此，中国政治就不可能不腐败黑暗。萨孟武对有些问题很悲观，比如他认为社会发展可能会变得更差。虽然古代专制统治下做官追求发财，但远不及今人厉害。他举出的理由是，专制政治下，国家是君主的私有财产，君主要谋自己的地位安固，就不能不讨老百姓的喜欢。如果官吏过于贪污，一定会引起人民的反抗，势必会危及皇室的安危，于是，皇帝就会出面肃贪，以谢天下。而到了今天（指20世纪40年代），名义上国家是人民的，但大家都是国家的主人公，往往变成了谁都不是国家的主人公了，谁对国家的安危都不负责。以前贪污，因为有君主干预，还不至于太严重，而现在大家都是相识的朋友，想到以后万一自己也有这一天的时候，何必现在去跟人家过不去。

贪污为什么会在经济上越来越严重呢？萨孟武说，自然经济条件下，贪污的东西都是一些实物，如牛马猪羊之类，这些东西容易腐烂，多拿了也没什么用处，因此苛捐杂税还有一定限度。货币产生以后形势发生变化，因为货币可以保存，什么地方都可以用，官员的贪污程度大大提高。但是，货币经济下，贪污也有底线，金满箱、银满箱，交通不便利的情况下不但运输不容易，而且容易引起强盗的觊觎或穷人的眼红，连生命都有危险。所以，货币时代贪污也是有一定限度的。但现在不同了，信用经济时代，数千万的巨款，像孙悟空的金箍棒一样，变成一张汇票弄到外国去了，半道里也不怕强盗抢去。因此，现在人的贪污超过古人几千几万倍。

读到这些观点的时候，就会感觉在萨孟武那里，历史不仅仅是知识的积累，更是一种智慧的体认。许多问题我以前不太注意，经他加以揭示、加以点评，就看得很清楚了。如《西游记》里的显圣真君，他可是天界中罕见的英雄，能战胜和降服那爱捣乱的孙悟空的天神，可他在天界中地位并不高，他不在中央朝廷做官，而被发配到灌州，只好在地方享受下界的香火。为什么这么重要、有能力的人会下放这么远呢？就因为他是玉皇大帝的外甥。政治生活中，越是与自己亲近的、有本事的人，对自己的威胁就越大，是决不能放在自己身边的。同样的道理，当孙悟空第三次返上天宫的时候，玉皇大帝就不愿意再用显圣真君来对付孙悟空了。为什么？再用他的话，功劳会越来越大，势必对自己的权威形成挑战，对自己的地位构成威胁。这与中国古代政治的生态，是非常接近的。

平时不大注意的这些道理，经这么一点评，就豁然开朗、悠然会心。所以我在想一个问题，历史学究竟该怎么做？萨孟武就曾公开表态：他研究《红楼梦》《水浒传》，就不大注重版本，他强调，他自己并不反对考证，但是反对把考证作为研究的终极宗旨。考证无非是一种工具，一种手段，真正高明的学者是用人家考证的结果为自己的论证做铺垫、做基础。我想这对我们现在的学风，也是一个发人深省的警示。

现在学界很推崇那种看不懂的文章，誉之为“预流”。大家都看得懂的文章你可能说它不入流，读一个小时就睡着的是三流学问，半个小时能睡着的是二流学问，让你拿起书看到书名就昏昏欲睡、悠然入梦的是一流学问。这么说好像有点夸张了，但确实有这种现象。像我们搞历史的人在社会上有影响的不多，反而是搞文学的人来客串、玩票，成了历史学传播舞台上的主角。我想，史学还是应该在正确的知识积累、高明的思想诠释的同时，有一种智慧的体认、文化的推广，给今天的工作带来帮助，给我们的人生赋予启示，这才是更有意义的。所以，萨孟武先生《〈红楼梦〉与中国旧家庭》等书，虽然他自己谦虚地说是属于姨太太面孔，不是“阳春白雪”，无法登大雅之堂，但它确实更有生命力，更有影响力，至少它能激发起大家关心历史，关心社会，关心社会学和政治学的兴趣。这才是真正的立足于历史，又超越历史！

从这个意义上说，萨孟武先生的《〈红楼梦〉与中国旧家庭》，值得一读！

目 录

自序

三民书局刘振强先生要我写一本有关《三国演义》的书，我把《三国演义》看了之后，只拟定第一节标题："孰是正统"，写了之后，细读一遍，认为太过学究的，就放弃不写。

许多读者都希望我写《红楼梦》。《水浒传》与社会，《西游记》与政治，都已出版了。现在《红楼梦》与什么？想来想去，约有十数年之久，忽然想起"家庭"。于是就决定写《〈红楼梦〉与中国旧家庭》，以与《水浒传》《西游记》合为三部"小"著作。一写社会，一写政治，一写家庭，刚刚好。

我写此书与写《中国社会政治史》的方法相同，初则把《红楼梦》看了又看，看书中有什么问题可以提出讨论。先决定每节的标题；次将书中所述，细分门类，归纳于每节之中；而后还是先起稿，次抄正。抄好了，再看一遍，将重复的删去，忽略的加入。虽然缺点甚多，但我主观上尚觉满意。

我是学习社会科学尤其公法学的。研究社会科学的人是将小说看作社会意识的表现。因之，研究方法与研究文学的绝不相同，不作无意义的考证，更不注重版本的异同，去检查那些不重要的字，这一版本是啥，另一版本是啥。但过去学者如王梦阮、沈瓶庵（《索隐》）、蔡元培（《索隐》）、胡适之（《考证》）诸位先生的考证，均于本小著中适当之处，稍加批评。只唯钱静方先生的《红楼梦考》，因为我不大知道明珠及纳兰成德的历史，故不敢乱加评语。以上诸种考证，虽然过去都看过了，兹所根据者，乃饶彬先生关于上文四种考证所作的简单介绍。饶彬先生的文章载在三民书局出版的《红楼梦》书中。

本书引用《红楼梦》中一段故事，或一句、数句的文字，均注明三民版那一回数，以便读者做更有价值的研究。

缘引

“满纸荒唐言”，又对荒唐做文章，固然只是游戏笔墨，而却不能陶情适性。看官，笔者有自知之明，绝非贤哲之士，只是狂狷之徒。年应常珍而杖于朝，顾乃不识时宜，不作长铗之歌，不知地癖之利；且也，才非应期，器不绝伦，出不能安上治民，草随风偃，入不能挥毫属笔，炫玉求售。其未曾绝粮于陈蔡，不能不感谢当涂的眷顾。闲话少说，言归正传。

作者自幼就爱看小说。在古典小说之中，作者认为写得最好的共有三部：《红楼梦》第一，《西游记》第二，《水浒传》第三。《红楼梦》何以列为第一，待后再说，现在先谈《西游记》。

《西游记》也许有人认为谈神说怪，文学上毫无价值。余虽未曾研究文学，而看过文学之书并不少。《西游记》能够流传那样的久，那样的广，绝不是因为读者爱听鬼怪之事。《西游记》所描写的妖怪，各有各的法力，毫不重复，而其目标均集中于要食唐僧的肉。要食唐僧的肉是《西游记》的统一性；妖怪各显神通，无一雷同，是《西游记》的变化性。案吾人心理无不要求统一，即对于继续发生的现象，希望有一个中心观念，把各种现象统一起来。统一不是单调，单调是“类似”继续不已的现象，可令吾人发生厌倦，而引起不快的感情。世上多数现象都不是由单一部分构成，而是由各种不同的部分结合而成。部分愈类似，统一愈显明，故单就统一言之，“类似”确能适合吾人的心理。但是吾人心理除要求统一之外，又希望“变化”。“类似”只能满足吾人心理所要求的统一观念，同时却侵害了吾人心理所希望的变化观念。“类似”反复不已，部分将减少其印象力。部分的印象力既已减少，则部分所构成的整体亦必随之丧失印象力。故要保持现象整体的印象力，必须部分有复杂的变化。

一切情绪无不要求刺激之有变化。吾人听了一种音乐，倘令尽是低音，必定感觉沉闷，而发生沮丧的情绪。其声若有变化，由低而高，吾人的情绪虽然随之兴奋，而发生快感。但高音继续太久，吾人的情绪又觉躁急，而回归到不愉快的心境。《西游记》写到妖怪捉住唐僧及其徒弟，快要烹食之时，读者的心情不禁为之紧张，随着发生的竟是猪八戒的诙谐言辞，吾人心理突然轻松，往往捧腹大笑，这是《西游记》成功之处。读者只以神怪的心情去看，必谓《西游记》不登大雅之堂，要是以文学的眼光去读，必感觉《西游记》是一部幽默的著作。吾国任何文学均缺乏幽默感，《史记》的《滑稽列传》，不是幽默，只是讽刺。讽刺可令听者矫正其过失，也可以引起听者的反感。幽默不问言者之情绪为何，听者必为之绝倒，而解除心情的紧张或郁悒。猪八戒吃了人参果，而竟问行者、沙僧"甚么味道"，这已经脍炙人口，而成为一种俗语。唐僧四众行至平顶山莲花洞，遇到金角大王及银角大王二妖怪，行者令八戒巡山，八戒见山坳里一弯红草坡，便一头钻得进去，轱辘地睡下，那孙行者便变了啄木鸟把他弄醒。八戒找路又走入深山，见山坳中有四四方方三块青石头，猪八戒对石头唱个大喏，"原来那呆子把石头当作唐僧、沙僧、行者三人，朝着他演习哩。他道：'我这回去，见了师父，若问有妖怪，就说有妖怪。他问什么山，我若说是泥捏的、土做的、锡打的、铜铸的、面蒸的、纸糊的、笔画的，他们见说我呆哩，若讲这话，一发说呆了；我只说是石头山。他问甚么洞，也只说是石头洞。他问甚么门，却说是钉钉的铁叶门。他问里边有多远，只说入内有三层。——十分再搜寻，问门上钉子多少，只说老猪心忙记不真。此间编造停当，哄那弼马温去！’”（第三十二回）下面所写，尤其幽默，我不欲再引原文了。“那怪将八戒拿进洞里……老魔说：‘兄弟，错拿了，这个和尚没用。’八戒就绰经说道：‘大王，没用的和尚，放他出去罢。’二魔道：‘哥哥，不要放他，把他且浸在后边净水池中，浸退了毛衣，使盐腌着，晒干了，等天阴下酒。’八戒听言道：‘蹭蹬呵！撞着个贩腌腊的妖怪了！’”（第三十三回）老魔叫小妖把猪八戒解下来，蒸得稀烂，等吃饱了，再去拿孙行者报仇。旁有一小妖道：“大王，猪八戒不好蒸。”八戒道：“阿弥陀佛！是那位哥哥积阴德的？果是不好蒸。”又有一个妖道：“将他皮剥了，就好蒸。”八戒慌了道：“好蒸！好蒸！皮骨虽然粗糙，汤滚就烂。楼户楼户！”（第三十五回）老魔一口吞了孙行者，唬得猪八戒埋怨道：“这个弼马温，不识进退！那怪来吃你，你如何不走，反去迎他！这一口吞在肚中，今日还是个和尚，明日就是个大恭也。”（第七十五回）“二怪说：‘猪八戒不好蒸。’八戒欢喜道：‘阿弥陀佛，是那个积阴骘的，说我不好蒸？’三怪道：‘不好蒸，剥了皮蒸。’八戒慌了，厉声喊道：‘不要剥皮！粗自粗，汤响就烂了！’老怪道：‘不好蒸的，安在底下一格。’行者道：‘八戒莫怕……不好蒸的，安在上头一格，多烧把火，圆了气，就好了。若安在底下，一住了气，就烧半年也是不得气上的。……’八戒道：‘哥呵，依你说，就活活的弄杀人了！他打紧见不上气，抬开了，把我翻转过来，再烧起火，弄得我两边俱熟，中间不夹生了？’”（第七十七回）

猪八戒的幽默，只看上文所举数例，就可知道。然此不过数例而已，并非猪八戒的幽默全部。现今文人常把幽默（humour）与讽刺（satire）混为一谈。《史记》（卷一百二十六）所举淳于髡等三人之言多系“反语”（irony），而寓讥诮或讽刺之意，不宜视为幽默。东方朔若不遇汉武帝，而遇明太祖，其挑拨诸儒，必判为造谣生事；其拔剑割肉，必受到扰乱朝仪之罚。在吾国，知道幽默的似只有吴承恩所描写的猪八戒一人。读者要研究幽默文学，可买一部《西游记》，细心地看。若不知幽默的本质，误把讽刺作为幽默，听者将斥你尖刻。

次谈《水浒传》，“迫上梁山”是《水浒传》的统一性，但是真正迫上梁山的，似只有林冲及武松两人。其他好汉或自愿落草，或为梁山所迫。故其统一性不甚显明。至其变化性并不比《西游记》为弱。同杀虎也，武松打虎（第二十二回）与李逵之杀四虎（第四十二回），写得完全不同；同是淫妇通奸，王婆说“十分光”（第二十三回）与石秀瞧到“十分”（第四十四回），亦是两样写法；武松亲自杀死奸夫淫妇与石秀怂恿杨雄杀死奸夫淫妇，毫不雷同；两次劫法场，其救出宋江（第三十九回）与救出卢俊义（第六十一回），写法并不一样。同一事件，写法均有变化，所以吾人读之，不觉厌倦。案梁山泊好汉共有一百零八人，施耐庵写林冲，写鲁智深，写武松，写李逵，均费了不少笔墨，又写得有声有色。苟一一均用这个方法去写，单单三十六天煞星，文字就要增加十余倍，而且免不了许多重复。所以写到最后，纵是重要人物，也只能草草了之。卢俊义在梁山泊之上，位坐第二把交椅，观《水浒传》所述，他不但不是豪杰之士，而且非草莽英雄。吴用下山卖卦，谓卢俊义有百日血光之灾，应出去东南上一千里之外躲避。燕青尚知“倒敢是梁山泊歹人假装做阴阳人来煽惑主人”。卢俊义“自送吴用出门之后，每日傍晚，便立在厅前，独自个看着天，忽忽不乐；亦有时自言自语，正不知甚么意思”，这哪里是英豪的气概？虽然快到梁山泊之时，取出箱内四面白绢旗，写下四句打油诗，表示他“特地要来捉宋江这厮”，又准备下一袋熟麻索，要缚梁山草寇，“解上京师，请功受赏”（第六十回）。以一人之力何能战胜群雄？这未免太过自负了。大凡太过自负的人，往往不能知彼知己，而至失败。既为张顺所擒，送上梁山，宋江用软功方法，留住卢俊义约有两个多月，才放他下山。卢俊义回到北京，燕青告诉他，娘子已和李固做了一路，若入城中，必中圈套。卢俊义竟然大怒，喝道："我的娘子不是这般人，你这厮休来放屁！"（第六十一回）其不明是非也如此。只因家巨富，"是河北三绝"，"北京大名府第一等长者"（第五十九回），故落草之后，就坐第二把交椅，而为梁山泊的副领袖。

坐第五把交椅，位在林冲之上的关胜，施耐庵似要把他写成一位杰出的人才。他在兵马倥偬之际，"点灯看书"（第六十三回），从容不迫，大有儒将之风。可惜施耐庵江郎才尽，不能再写下去了。关胜献围魏救赵之计（第六十二回），甚合于用兵之道。但吴用处处放哨，以侦察敌人的动静。关胜只知直趋梁山，攻其巢穴，而未防吴用之撤兵反攻。吾人于《水浒传》中所看到的，只是他"低低说了一句"，就活捉了张横，再"低低说了一句"，又活捉了阮小七（第六十三回），写来写去，看不出他有过人之才。及听宋江之言，又听阮小七之语，竟然"当晚坐卧不安，走出中军看月，寒色满天，霜华遍地，不禁嗟叹不已"（第六十三回），关胜此时已经心动了。及至呼延灼诈降，告以宋江专以忠义为主，素存归顺之心。关胜毫不思索，"请入帐中，置酒相待”“掀髯饮酒，拍膝嗟叹”。卒为梁山泊所捉，又受宋江甘言所惑，终至说道：“人称忠义宋公明，果然有之。人生世上，君知我报君，友知我报友。今日既已心动，愿住部下为一小卒。”（第六十三回）关胜也落草了。《水浒传》一书乃描写北宋末年之事，荒君（徽宗）在位，奸臣（蔡京）当国，外患内乱接踵而来，而朝廷上下毫无振作之意，宋虽不亡于内贼，亦必亡于外寇。最后卢俊义一梦，一百零八条好汉，一齐处斩（第七十回）。善哉严复之言：“孟子曰孔子作《春秋》，而乱臣贼子惧。虽然《春秋》虽成，乱臣贼子未尝惧也……必逮赵宋，而道学兴，自兹以还，乱臣贼子乃真惧也。然而由是中国之亡也，多亡于外国。何则？非其乱臣贼子故也。”（《法意》第五卷第十四章，复案）

现在试谈《红楼梦》吧！自《红楼梦》问世以来，即脍炙人口，虽然时代不同，习俗已变，至今尚有极多读者。读者不但读之而已，且有许多文人学士加以研究。其所以有此身价，并非偶然，盖是书在古典小说之中有三大特质，而非一般小说所能比肩齐声。

一是古典小说大率是描写历史上的故事或人物，如《三国演义》描写三国时代的历史，《说岳全传》是描写岳飞之精忠报国。不过中间加以许多虚构之事，以引起读者的兴趣。其全部虚构的，亦必假托历史上一个事件。例如《封神演义》描写武王伐纣，《西游记》描写唐僧取经。虽然两书内容与历史大大不同，但武王伐纣，唐僧取经并非杜撰。反之，《红楼梦》乃从空描写一个富贵人家的日常生活，而不假托古人古事。固然有人以为《红楼梦》乃作者曹雪芹之自叙，我们以为任何作者对其所写小说，多少必参以自己的经历，而小说比其自己经历不免过甚其辞，若必以小说之所述就是他的自传，未免太过武断。难怪某一位小说家谓：法国的左拉一定是个交际花，不然，他怎能写出《酒店》和《娜娜》，吾国的吴承恩必是猴子变的，否则写不出一部《西游记》。此言虽谑，亦足以提醒许多考证家的迷梦。但《红楼梦》作者既自言“真事隐去”（甄士隐）、“假语村言”（贾雨村），则是书未必毫无暗示。其暗示为何，余不欲多谈。

二是古典小说均描写大事，如《东周列国志》是写春秋时代的大事，《三国演义》是写三国的战争及其兴亡。《红楼梦》所写的只是一家琐屑微末之事，如顽童大闹书房（第九回）、丫头互相调弄（第三十七回）、吃螃蟹（第三十八回）、开夜宴（第六十三回）、说骨牌词（第四十回）、刘老老凑趣儿（第四十回），诸如此类均写得极其细腻，吾人读之，不觉厌烦，只觉得津津有味。此非大手笔曷能写到。我所认为奇怪的，吾未见十二金钗之读书，而其推敲诗词，竟是锦心绣口，也许是她们聪明绝顶，也许是作者疏忽之处。但她们所作诗词并非无病而呻，如香草笺之类，而是暗示她们的后运。即非如作者之言："至于才子佳人等书，则又开口文君满篇子建，千部一腔，千人一面，且终不能不涉淫滥。在作者不过要写出自己的两首情诗艳赋来，故假捏出男女二人名姓，又必旁添一小人拨乱其间，如戏中的小丑一般。"古典言情小说确实如此。

三是《红楼梦》虽是言情小说，其他小说写到男女爱情，不问其家世如何，学识如何，无非是佳人才子一见钟情，中间必有一位梅香，代双方暗通信息，而于后花园相会。既而劳燕分飞，最后才子常中状元，衣锦还乡，与佳人缔结良缘，圆满结束。对此，贾母已有批评（第五十四回）。《红楼梦》不落此种陈腐旧套，它虽言情而不诲淫，除了贾琏与多浑虫媳妇通奸，丑态毕露（第二十一回）之外，不见有丝毫淫秽之辞。而且贾府由盛而衰，黛玉夭折，宝玉出家，宝钗守寡，十二金钗无不薄命，其结局即为悲剧。在各种小说之中，悲剧最能感动观众。吾人欣赏一种对象，而承认其有"美"的价值，必能给予吾人以快感。悲剧所给予吾人的，只是苦恼，何以吾人也承认其有"美"的价值而欣赏之？盖吾人心理有一种混合感情，这个混合感情乃结合两种矛盾的感情而成，不是快感，也不是苦感，而是一种新的感情。犹如赤与黄混合起来，而成为橙黄色一样。橙黄色既不是赤，也不是黄，而是另外一种色彩。同样，快与苦的感情混合起来，亦变成一种新的感情。在美学上称之为“快又不快的感情”（Lust-Unlust Gefühl），可以挑拨吾人的审美情绪，而使吾人欣赏不已。人类优游终日，无事可做，往往感觉烦恼。即人类心理不甘寂寞，是要求劳苦的，要求刺激的，要求争斗的。没有劳苦，没有刺激，没有争斗，心理上常觉空虚。所以人类虽怕风波之来临，而又不甘于风平浪静的旅行。企业家不断地扩充生产规模，历史上许多英主不断地开拓领土，这都是出于不甘寂寞之心。在目的未达以前，一方有欠缺的苦恼。同时又有取得的欢乐，两种感情互相混合，便成为一种特别色彩的“快又不快的感情”。快感之中加入不快的感情，则不快的感情不但使快感发生特别的色彩，而又可以增加快感的程度，犹如烘云托月一样，可以表示月亮的光彩。所以“快又不快的感情”移入对象之中，可使对象更呈现了美的价值，这就是悲剧能够引人欣赏的原因。

悲剧可分两种：一是悲壮，二是悲哀。两者都是主人翁受尽苦恼，然在悲壮，主人翁所表现的是壮烈的牺牲；而在悲哀，主人翁所表现的则为哀伤的毁灭。壮烈与哀伤固然不同，而两者由苦恼，使读者没入于对象之中，同化于对象之内，而与对象同感苦恼，又由同感苦恼，对于主人翁的遭遇更有深刻的印象。

凡小说之以悲剧结束的，必须主人翁的命运受尽苦恼而至毁灭。倘令主人翁能够克服苦恼，得到胜利，则悲剧无从成立，而吾人观之，也许觉得平淡无味，对于主人翁的遭遇反无深刻的印象。吾人阅读沙氏的《罗密欧与朱莉叶》，就可知道两位青年男女因恋爱而欢乐，因恋爱而苦痛，因恋爱而忧愁，因恋爱而恐怖。这种复杂的情绪反映到吾人心理，吾人亦跟着欢乐，跟着苦痛，跟着忧愁，跟着恐怖。即对象的感情引起我们关心的感情，使读者与小说中的人，心灵上发生感通，这是沙氏文学的成功，也是曹雪芹写作的成功。吾国自古以来，以男女有别为士君子立身处世之道。贾母依吾国传统的礼教，说道："孩子们从小儿在一处儿玩，好些是有的。如今大了，懂的人事，就该要分别些，才是做女孩儿的本分，我才心里疼他。若是他心里有别的想头，成了什么人了呢！我可是白疼了他了！你们说了，我倒有些不放心。"又说，"咱们这种人家，别的事自然没有的，这心病也是断断有不得的！林丫头若不是这个病呢，我凭着花多少钱都使得；若是这个病，不但治不好，我也没心肠了！”（第九十七回）这种话也许今日青年男女认为顽固，而由两百多年以前的人观之，必认为理所当然。然而此种传统观念却造成木石前盟的悲剧。

一、大家庭制度的流弊

吾国伦理以孝为本。孔子说："夫孝，德之本也。"（《孝经》第一章《开宗明义》）孝不但是"谨身节用，以养父母"（同上第四章《庶人》），且要"立身行道，扬名于后世，以显父母"（同上第一章《开宗明义》）。曾子说："居处不庄，非孝也。事君不忠，非孝也。莅官不敬，非孝也。朋友不信，非孝也。战陈无勇，非孝也。"（《礼记注疏》卷四十八《祭义》）即修身、入官、治国、交际、出战，一切善的行为均由孝出发，其目的，消极方面，不欲"烖（灾）及于亲"（同上），积极方面，要"扬名于后世，以显父母"。吾国既以孝为德行之本，则由爱敬父母，自应爱敬父母的父母。推此而上，爱敬可达到远代的祖宗。因之祭祀祖宗也成为吾国的道德行为。祭祀祖宗与祭神不同，祭神出于畏惧心理，祭祀祖宗出于爱敬心理。既然爱敬父母，则对于同根所生的兄弟，自应友爱，推而广之，凡是同一祖宗生下的昆仲，亦宜予以爱护。在这种道德观念之下，吾国家庭就成为大家庭。古代朝廷常下诏旌表数代同居的门闾，吾人只读《旧唐书》（卷一百八十八）之《孝友传》《宋史》（卷四百五十六）之《孝义传》，就可知道。然而数代同居未必快乐，传代既久，血统关系已经稀薄，而人口众多，难免发生摩擦，而引起勃溪之事。张公艺九世同居，唐高宗“亲幸其宅，问其义由。其人请纸笔，但书百余忍字，高宗为之流涕”（《旧唐书》卷一百八十八《张公艺传》）。由此可知数代同居，只是互相忍耐，而为家长的更要忍耐，未必出于孝悌之心。

贾府以军功起家，贾珍之妻尤氏对凤姐说：“你难道不知这焦大的？……他从小跟着太爷（宁国公贾演）出过三四回兵，从死人堆里把太爷背了出来了，才得了命。自己挨着饿，却偷了东西给主子吃；两日没水，得了半碗水，给主子喝，他自己喝马溺。不过仗着这些功劳情分。有祖宗时，都另眼相待，如今谁肯难为他？”（第七回）“贾珍近因居丧，不得游玩，无聊之极，便生了个破闷的法子，日间以习射为由，请了几位世家弟兄及诸富贵亲友来较射。……贾政等听见这般，不知就里（每日轮流做晚饭之主，天天宰猪割羊，屠鹅杀鸭，好似临潼斗宝的一般，都要卖弄自己家里的好厨役、好烹调），反说：‘这才是正理。文既误了，武也当习，况在武荫之属。’”（第七十五回）此皆可以证明贾家的富贵荣华，是其祖宗以军功得到的。

宁国公贾演与荣国公贾源是同胞兄弟，其邸舍在一条街上，“街东是宁国府，街西是荣国府，二宅相连，竟将大半条街占了”（第二回），可见邸舍之大。贾演居长，生了四个儿子。宁公死后，长子代化袭了官。代化生敬，敬生一子一女，女名惜春，子名珍，娶尤氏为妇，生子蓉（第二回）。蓉妻秦可卿，无子早卒。由此可知宁府长房乃数代单传，其他三房，《红楼梦》未曾说明。

荣国公贾源生子几人，《红楼梦》没有提到。“长子代善袭了官”，既明言长子，可知尚有诸子。代善娶金陵世家史侯的小姐为妻（即书中之贾母，史湘云是她内侄孙女），生了两男一女，女名敏，嫁探花林如海，生女黛玉。代善长子贾赦，袭了官，娶邢氏（即书中之邢夫人），生子琏，其妾生迎春。琏娶王熙凤为妻（即书中之凤姐），生女巧姐。次子贾政，娶王氏（即书中之王夫人，凤姐乃王夫人之内侄女），生一女两男。女元春，选入皇宫为妃，长子贾珠，妻李纨，生子兰，贾珠早卒，次子宝玉（第二回），娶王夫人胞妹薛氏（即书中之薛姨妈）之女宝钗为妻。贾政之妾赵姨娘亦生了一女一子，女探春，子贾环。以上诸男女皆系《红楼梦》中的重要人物。

此外，“贾蔷系宁府中之正派玄孙”，“贾蓝、贾菌系荣府近派的重孙”（第九回），这是书中明言的。除夕之夜，宁荣两府男女均往设在宁府西边的贾氏宗祠，祭祀祖先。“分了昭穆，排班立定。贾敬主祭，贾赦陪祭，贾珍献爵，贾琏、贾琮献帛，宝玉捧香，贾菖、贾菱展拜垫，守焚池。……每一道菜至，传至仪门，贾荇、贾芷等便接了，按次传至阶下贾敬手中。……贾敬捧菜至，传于贾蓉；贾蓉便传于他媳妇（继室胡氏，秦可卿已死），又传于凤姐、尤氏诸人；直传至供桌前，方传与王夫人；王夫人传与贾母，贾母方捧放在桌上。邢夫人在供桌之西，东向立，同贾母供放。凡从‘文’旁之名者，贾敬为首；下则从‘玉’者，贾珍是首；再下从‘草头’者，贾蓉为首（此三人皆系宁府长房之儿孙）。左昭右穆，男东女西。俟贾母拈香下拜，众人方一齐跪下，将五间大厅，三间抱厦，内外廊檐，阶上阶下，两丹墀内，花团锦簇，塞的无一些空地”（第五十三回，此时贾政已蒙皇上点了学差，出外未归）。由此可知贾府儿孙甚多。难怪宝玉初见贾芸之时，“却想不起是那一房的，叫什么名字”（第二十四回）。

到了过年后元宵节那一夜，“贾母便在大花厅上命摆几席酒……带领宁荣二府各子侄孙男孙媳等家宴。贾敬素不饮酒茹荤，因此不去请他”，贾母“知他（贾赦）在此不便，也随他去了”。此时参加的，除贾母外，女的有李婶娘、薛姨妈、邢夫人、王夫人、尤氏、李纨、凤姐、贾蓉的媳妇胡氏（继室）、贾蓝之母娄氏、迎春姐妹三人、黛玉、湘云、宝钗、宝琴、李纹、李绮、岫烟等。男的有贾珍、贾琏、宝玉、贾环、贾琮、贾蓉、贾芹、贾芸、贾菖、贾菱、贾蓝等。此外不肯来的尚不少（第五十三回）。吾所以又述参加元宵节之男女乃补充上述除夕晚上祭祀宗祠时未曾举出之人。总之，贾家儿孙甚多。至于奴婢，就宁府来说，凤姐料理秦可卿丧，所用男仆有一百三十四人之多（第十四回），其他婢女多少，《红楼梦》并未提及。就荣府来说，“合算起来，从上至下也有三百余口”（第六回），但贾府抄家之后，“除去贾赦入官的人，尚有三十余家，共男女二百十二名”（第一百六回）。是则荣府人口必不止三百余口。荣府有赦、政两房，宁府只有一房，则荣府人口当比宁府为多。

《红楼梦》所描写的以荣府为主，宁、荣两府除节日一同享宴之外，平日皆分家异爨。赦、政两房因贾母尚在，《礼》

云“父母存，不有私财”（《礼记注疏》卷一《曲礼上》），虽然“同房各爨”，“并未分家”，而由贾赦之子贾琏总管家务。若据贾政自述，“犯官祖父遗产并未分过；惟各人所住的房屋有的东西便为己有”（第一百五回）。但所谓“各爨”，当林黛玉初入荣府，吃饭时，贾母对黛玉说：“你舅母和嫂子们是不在这里吃饭的。”（第三回）故除黛玉外，陪贾母吃饭的不过迎春、探春、惜春三人。此时宝玉不在家，王夫人是贾母特别叫她坐下同吃。至于邢夫人、李纨、凤姐均各在各的房里吃饭（第三回），是则虽然“各爨”，而又分吃。这也许因为各人口味不同，以荣府之富，分食并不觉得浪费。然而他们的感情不免因之疏远，其能保持和气，是因为贾母尚在，众有所怕，表面上不得不和睦。其实彼此妒忌，仍是免不了的。请看鸳鸯之言：

鸳鸯道：“为人是难做的：若太老实了，没有个机变，公婆又嫌太老实了，家里人也不怕；若有些机变，未免又治一经损一经。……这不是我当着三姑娘说：老太太偏疼宝玉，有人背地怨言还罢了，算是偏心；如今老太太偏疼你，我听着也是不好。这可笑不可笑？”探春笑道：“……我说：倒不如小户人家，虽然寒素些，倒是天天娘儿们欢天喜地，大家快乐。我们这样人家，人都看着我们不知千金万金，何等快乐，殊不知这里说不出来的烦难更利害！”（第七十一回）

鸳鸯不过说明得宠与不得宠的人互相妒忌而已。其实，不问荣府或宁府，到了玉字辈，传代已有四世。因之，各房之间，有的富，有的贫。贫富不同，贫者妒富，富者欺贫，势所难免。当贾母于元宵夜开宴之时，“曾差人去请众族中男女”，“有一等妒富愧贫，不肯来的；更有憎畏凤姐之为人，赌气不来的……因此，族中虽多，女眷来者不过贾蓝之母娄氏，带了贾蓝来。男人只有贾芹、贾芸、贾菖、贾菱四个”（第五十三回）。其贫穷的，连奴才都看不起他们的亲戚，例如金荣与秦钟大闹书房，“宝玉问李贵，这金荣是那一房的亲戚”，“茗烟在窗外道：‘他是东府里璜大奶奶的侄儿……璜大奶奶是他姑妈。——你那姑妈只会打旋磨儿，给我们琏二奶奶跪着借当头，我眼里就看不起他那样主子奶奶。’”（第九回）此不过小孩吵架而已。赵姨娘对马道婆说：“我们娘儿们跟的上这屋里哪一个儿？宝玉还是小孩子家，长的得人意儿，大人偏疼他些儿，也还罢了；我只不服气这个主儿！”一面说，一面伸了两个指头。马道婆会意，便问道："可是琏二奶奶？……不是我说句造孽的话，——你们没本事，也难怪。——明里不敢怎样，暗里也算计了，还等到如今！"赵姨娘听这话，"连忙开了箱子，将衣服首饰拿了些出来，并体己散碎银子，又写了五十两一张欠约，递与马道婆"。马道婆在家中作法，宝玉及凤姐果然疯起来了（第二十五回）。一家的人彼此暗斗，所以探春听到宝钗要搬出大观园，陪薛姨妈做伴，就道：

> 很好。不但姨妈好了还来，就便好了不来也使得。……有别人撵的，不如我先撵！亲戚们好，也不必要死住着才好。咱们倒是一家子亲骨肉呢，一个个不像乌眼鸡似的，恨不得你吃了我，我吃了你！（第七十五回）

大家庭而未分家，确有此种现象。其尤弊者，财产既然不是个人私有而是全家公有，那么，有权势的就可从中舞弊，将公产变为私财，凤姐的作风就是如此。其贫穷的则利用红包，讨好富的，假其权势，分润微利。当建筑大观园之时，许多杂务均由贾家子弟担任，贾家子弟不是单尽义务而已，盖欲从中牟利。富者又因财产不是他个人私有，就闭着眼睛，听他们营私舞弊。例如贾珍派贾蔷"下姑苏请聘教习，采买女孩子（训练为女戏子），置办乐器行头等事”，贾琏就笑道：“里头却有藏掖的。”（第十六回）贾蔷回来之后，就总理这批女戏子的“日月出入银钱等事，以及诸凡大小所需之物料账目”（第十七回）。“贾蔷系宁府中之正派玄孙”（第九回），故有此种好缺。贾芹因为他母杨氏很会讨好凤姐，凤姐就派他到家庙铁槛寺，去管小和尚小道士，每月“也好弄些钱使用”（第二十三回）。不知何时始，贾芹乃在馒头庵（即水月庵）照管（第九十三回）。贾芸本来谋事不成，刚好“凤姐正是办端阳的节礼，须用香料”，贾芸借了十五两的钱，买了麝香、冰片，送给凤姐。凤姐即派他采购花木，批下二百两银子，交与贾芸，贾芸领了银子，即去买树，计其所用大约在五十两以下，其余一百五十两就归贾芸囊中（第二十四回）。

贾家子弟为贾家办事，而乃乘机贪邪。此无他，财产既是公有，谁愿爱护财产。古代天子对于贪官污吏之太过刮索民膏民脂的，常处以重刑，如枭首抄家等是。盖天子以国家为一己的私产，官吏贪污过甚，势必引起百姓的反抗，而使皇室陷于危险的地位。天子为自己安全打算，不能不限制官吏的贪邪，使其不至引起百姓反抗而间接害及皇室的安全。凡事由大家共管的，大家往往不管，财产为大家公有的，大家往往不知爱惜。此乃事所必至，理有固然。美国副总统安特纽因过去收取一万美金而被迫辞职，日本首相田中因收取外国一百多万美金而至倒阁。

荣府家务由贾琏管理（第二回），他本人有否侵吞公产，《红楼梦》未曾明言，但抄家之时，由他屋内，抄出许多物件（第一百五回）。他之营私舞弊，观此略可明了。再观他与鲍二媳妇通奸，给凤姐发现，鲍二媳妇吊死。贾琏“着人去做好做歹，许了二百两发送才罢”，“又命林之孝将那二百两银子入在流水账上，分别添补，开消过去”（第四十四回）。私人不名誉的用费乃令总务设法，分散在公用内报账，其作风如此，于是下人便大胆舞弊起来。清客程日兴与贾政的谈话如次：

> 程日兴道：“我在这里好些年，也知道府上的人那一个不是肥己的？一年一年都往他家里拿，那自然府上是一年不够一年了。……几年老世翁不在家，这些人就弄神弄鬼儿的，闹的一个人不敢到园里，这都是家人的弊。此时把下人查一查，好的使着，不好的便撵了，这才是道理。”贾政点头道：“先生，你有所不知！不必说下人，就是自己的侄儿，也靠不住！若要我查起来，那能一一亲见亲知？”（第一百十四回）

《礼》云“父母存，不有私财”，其流弊如此。不但此也，大家庭之内，人口众多，男女同住一个邸舍，暧昧之事，似难避免。焦大骂道：“那里承望到如今生下这些畜生来！每日偷鸡戏狗，爬灰的爬灰，养小叔子的养小叔子，我什么不知道？”（第七回）爬灰的是谁，养小叔子的是谁，作者不想瞎猜，贾蓉说：“谁家没风流事？别叫我说出来。连那边大老爷（贾赦）这么利害，琏二叔还和那小姨娘不干净呢！凤婶子那样刚强，瑞大叔还想他的账！——那一件瞒了我？”（第六十三回）荣府如此，宁府更糟，“贾珍、贾蓉素日有‘聚麀’之诮”（第六十四回），柳湘莲对宝玉说：“你们东府里，除了那两个石头狮子干净罢了！”（第六十六回）帷薄不修常发生于大家庭之内。贾蓉怂恿贾琏偷娶尤二姐，盖欲“趁贾琏不在时，好去鬼混”（第六十四回）。贾珍“先命小厮去打听贾琏在与不在”，而后再去探望尤氏姊妹。不久，贾琏回来，竟然对尤二姐说：“依我的主意，不如叫三姨儿（尤三姐）也合大哥成了好事，彼此两无碍，索性大家吃个杂会汤，你想怎么样？”（第六十五回）这种话能够出口，可知贾珍与贾琏平日如何淫乱。

贾蓉虽称凤姐刚强，观其对贾瑞的作风，实有失大家闺秀的身份（第十二回）。何况凤姐之对贾蓉，又可令人想到焦大之骂“养小叔子的养小叔子”。当贾蓉奉父命向凤姐借用玻璃炕屏之时，最初凤姐故意不借，既借之后，贾蓉便起身出去。“这凤姐忽又想起一件事来，便向窗外叫：‘蓉儿，回来。’……贾蓉忙转回来……凤姐只管慢慢地吃茶，出了半日神，忽然把脸一红，笑道：‘罢了，你且去罢。晚饭后，你来再说罢。……’贾蓉答应个‘是’，抿着嘴儿一笑，方慢慢退去。”（第六回）此境此情，凤姐心中想起什么，谁能猜出。难怪贾琏才说：“他防我像防贼的似的；只许他同男子说话，不许我和女人说话。我和女人说话，略近些，他就疑惑；他不论小叔子、侄儿、大的、小的，说说笑笑，就不怕我吃醋了。——以后我也不许他见人！”（第二十一回）贾琏是否真起疑心，我们不欲多谈。而荣府贾赦一房的“脏唐臭汉”，观贾蓉之言，已可推测出来（第六十三回）。

二、贾府的奢靡生活

贾珍乃“宁府长孙，凡族中事都是他掌管”（第四回），所以贾府生活如何奢靡，应先从宁府说起。

贾珍“恣意奢华”（第十三回），前已提到秦可卿之丧，他对凤姐说：“只求别存心替我省钱，要好看为上。”（第十三回）到底宁府的收入，一年有多少？

有一年快要除旧之时，贾珍问尤氏：“咱们春祭的恩赏可领了不曾？”尤氏道：“今儿我打发蓉儿关去了。”贾珍说：“咱们家虽不等这几两银子使，多少是皇上天恩。……咱们那怕用一万银子供祖宗，到底不如这个有体面……除咱们这么一二家之外，那些世袭穷官儿家，要不仗着这银子，拿什么上供过年？”（第五十三回）可知宁府此时尚甚富足。在这时候，黑山村乌庄头（名进孝）来了，带着许多东西，尚有一张单子，上面写着：

大鹿三十只。獐子五十只。狍子五十只。暹猪二十个。汤猪二十个。龙猪二十个。野猪二十个。家腊猪二十个。野羊二十个。青羊二十个。家汤羊二十个。家风羊二十个。鲟鳇鱼二百个。各色杂鱼二百斤。活鸡、鸭、鹅，各二百只。风鸡、鸭、鹅，各二百只。野鸡、野猫，各二百对，熊掌二十对。鹿筋二十斤。海参五十斤。鹿舌五十条。牛舌五十条。蛏干二十斤。榛、松、桃、杏瓤，各二口袋。大对虾五十对。干虾二百斤。银霜炭上等选用一千斤，中等二千斤。柴炭三万斤。御田胭脂米二担。碧糯五十斛。白糯五十斛。粉秔五十斛。杂色粱谷各五十斛。下用常米一千担。各色干菜一车。外卖粱谷牲口各项，折银二千五百两。外门下孝敬哥儿玩意儿：活鹿两对，白兔四对，黑兔四对，活锦鸡两对，西洋鸭两对。（第五十三回）

贾珍因见现银只有二千五百两，皱眉道："我算定你至少也有五千两银子来。这够做什么的？如今你们一共只剩了八九个庄子，今年倒有两处报了旱潦，你们又打擂台，真真是叫别过年了！"乌进孝道："爷的这地方还算好呢。我兄弟离我那里只一百多地，竟又大差了。他现管着那府八处庄地，比爷这边多着几倍，今年也是这些东西，不过二三千两银子，也是有饥荒打呢！”（第五十三回）观上面所引《红楼梦》原文，可以发现许多问题：一是乌进孝所开单子，自“大鹿三十只”至“折银二千五百两”，当系庄地的收入，而非乌进孝的馈赠。二是“折银二千五百两”似是单指“外卖粱谷牲口各项”，而不包括“大鹿三十只”等等代价在内。三是宁府庄地，据贾珍说，有八九个，荣府庄地，据乌进孝说，有八处由他兄弟管着，何以八处庄地乃比八九个庄地“多着几倍”？是否荣府每个庄地均比宁府的大些？四是乌进孝所管理的宁府八九处庄地，所纳银子共计二千五百两，其兄弟所管理的荣府八处庄地，所纳银子共计二三千两。贾珍谓“今年倒有两处报了旱潦”，此两处似包括在八九处之内，又似不包括在八九处之内。如包括在内，则宁荣两府的收入并不算多，否则宁府一年当有二万两银子的收入，而荣府的收入更多。据周瑞（最初似在荣府，何以此时又在宁府）说：“奴才在这里经管地租庄子银钱出入，每年也有三五十万来往。”（第八十八回）若是，则庄子银钱之外，尚有地租。宁荣两府的经常收入当以地租为主，否则不会每年有三五十万两之多。

两府经常收入实在不少。但两府都甚浪费。宁府当秦可卿病时，有三四位医生轮流来诊，一天有四五遍来看脉，每来一次，可卿就换衣服，坐见医生。贾珍道："这孩子也胡涂！何必又脱脱换换的？……孩子的身体要紧，就是一天穿一套新的，也不值什么。"不久，冯紫英介绍一位医生姓张名友士的来诊，他开了方子，内有人参二钱。贾珍说："他那方子上有人参，就用前日买的那一斤好的罢。"（第十回）凤姐也说："你公公婆婆听见治得好，别说一日二钱人参，就是二斤也吃得起。"（第十一回）及至秦可卿病殁，开吊出殡，场面之大，可知开销必多（第十四回）。这犹是特别事故，尚有说也。每年有许多节日，凤姐拿二百两银子给旺儿媳妇，去办八月中秋的节（第七十二回）。过节用去二百两银子，以当时物价言之，不能谓不多。这犹是过节临时费用，亦有说也。案荣府经常支出最大的，乃是用人太多。唐时，沈既济说："臣计天下财赋耗斁大者唯二事，一兵资，二官俸。"（《新唐书》卷一百三十二《沈既济传》）宋代亦然，兵多官滥乃耗费的最大原因（参阅拙著《中国社会政治史》）。此两者皆属于人事费。理财之道最重要的是尽量减少人事费。一国收入用于人事费太多，则有利于民生的建设费不免因之减少。其尤弊的，常赋不充，则令预借，预借不足，则滥发钱币，造成通货膨胀，引起物价腾贵。民不聊生，铤而走险，盗匪蜂起，而政权就颠覆了。国家财政如此，家庭会计亦然。荣府的人事费即男仆女婢实在太多，当宝玉等迁入大观园之时，“每一处添两个老嬷嬷，四个丫头，除各人奶娘亲随丫头外，另有专管收拾打扫的”（第二十三回）。读者请注意“添”之一字，然则未搬入大观园以前，用人多少呢？黛玉初入荣府之时，“亦如迎春等一般：每人除自幼乳母外，另有四个教引嬷嬷；除贴身掌管钗钏盥沐两个丫头外，另有四五个洒扫房屋来往使役的小丫头”（第三回）。贾母等处用人多少，据凤姐说：贾母屋里大丫头八人，如今只有七人，因为一人拨在宝玉房中，那就是袭人，每个大丫头每月人各月钱一两（第三十六回）。此外，当然尚有小丫头，那有名的傻大姐，就是贾母房内的小丫头（第七十三回），小丫头月钱多少，不详。王夫人房里有四个大丫头，“一个月一两银子的分例，下剩的都是一个月只几百钱”（第三十六回）。赵姨娘、周姨娘房里各有两位丫头“原是人各一串钱”，后来减半，“人各五百钱”（第三十六回），此大概情形也。

最奇怪的，怡红院内，用人特多。袭人本是贾母房里的人，月钱一两银子，晴雯、麝月、秋纹等七个大丫头，每月人各月钱一吊。佳蕙（不知是否就是蕙香，蕙香见第二十一回）等八个小丫头，每月人各月钱五百（第三十六回）。至于宝玉所用的小厮共有多少，实难统计。宝玉第一次进入家塾之时，李贵是宝玉奶姆的儿子，年龄较大，小厮有茗烟、扫红、锄药、墨雨等四人（第九回）。贾芸趋谒宝玉之时，见到焙茗（茗烟改名）与锄药下象棋，还有引泉、扫花、挑云、伴鹤四五个小厮在玩小雀（第二十四回）。宝玉赴冯紫英家里吃饭，带着焙茗、锄药、双瑞、寿儿四个小厮同去（第二十八回）。此后墨雨（仅于第九十七回出现过一次）、引泉、扫花、挑云、双瑞、寿儿六人不再出现于书上。总之，宝玉所用小厮至少必有焙茗、扫红、锄药、伴鹤四人，而焙茗则为宝玉第一个得用的小厮（第九回）。每个小厮月钱多少，书中未曾提及。宝玉一人竟有丫头大小十六人，小厮至少四人，只此一端，就可知道荣府的浪费。

怡红院用人特多，比之贾母、王夫人的用人还多，这是不合理的事。我在中学读书时，曾看过一本《红楼梦》考证（书何名，著者是谁，已经忘记了），依甄士隐所说："宝玉，即'宝玉'也"（第一百二十回）一语，认为宝玉是代表玉玺，即天子之玺。所谓"金玉良缘""木石前盟"（第五回），依五行学说，金指西方，木指东方，所以《红楼梦》一书乃暗示东宫与西宫之争宠或皇子与东宫太子之争夺帝位。余虽不敢深信此说之可靠，但觉得此说颇为合理，否则宝玉所用的婢女小厮何以特别多？

荣府用人如此之多，此辈是否均有职事？周瑞之妻告诉刘老老说：“我们男的（只指周瑞）只管春秋两季地租子，闲了时带着小爷们出门就完了；我只管跟太太奶奶们出门的事。”（第六回）可知每一用人，职事无不空闲。所以林之孝与贾琏闲谈，就趁势说：

> 人口太众了，不如拣个空日，回明老太太、老爷，把这些出过力的老家人，用不着的，开恩放几家出去。一则他们各有营运，二则家里一年也省口粮月钱。再者，里头的姑娘也太多。俗语说：“一时比不得一时。”如今说不得先时的例了，少不的大家委屈些，该使八个的使六个，使四个的使两个。若各房算起来，一年也可以省得许多月米月钱。（第七十二回）

但是排场惯了，岂能将就省俭。谚云“由俭入奢易，由奢入俭难”，确非虚语。有些人以乱花钱尤其花公家的钱为“大手笔”，才可重用，真是奇怪的想法。

丫头不但有月钱而已，她们所用的头油、脂粉、香纸，再加上各处笤帚、簸箕、掸子并大小禽鸟、鹿、兔吃的粮食，据

平儿说："这几宗虽小，一年通共算了，也省的下四百多银子。"（第五十六回）

至于上头的人，由贾母而至姨娘们，月钱多少？据凤姐向王夫人报告，赵姨娘周姨娘月钱人各二两，赵姨娘有环兄弟的二两，共是四两（第三十六回）。又据凤姐对李纨说：

你一个月十两银子的月钱，比我们多两倍子。老太太、太太还说你寡妇失业的，可怜不够用，又有个小子，足足地又添了十两银子，和老太太、太太平等；又给你园子里的地，各人取租子；年终分年例，你又是上上分儿。你娘儿们，主子奴才，共总没有十个人，吃的穿的仍旧是大官中的。通共算起来，也有四五百银子。（第四十五回）

由凤姐这几句话，可知贾母、邢夫人、王夫人等每月人各月钱二十两。李纨因为守寡，又有一位孤儿，所以月钱也是每月二十两。凤姐说"比我们多两倍子"，此句是接在"你一个月十两银子的月钱"之下，而所谓"多两倍"，意义不甚明了，凤姐月钱若是每月五两，则只能说多一倍。要是多两倍，则凤姐月钱当为三两三钱。然此只供她们杂用，至于吃的、穿的一切均由公中供给（第四十五回）。至于迎春等许多姊妹，据探春说：“咱们一月已有了二两月银，丫头们又另有月钱。”探春又说，“咱们一月所用的头油脂粉，又是二两。”（第五十六回）这批上头姑娘们及丫头们的头油脂粉等等，是由买办整批买下，凡需要的，可向买办领取。此中舞弊极大，兹抄录平儿与探春、李纨的谈话如次：

> 平儿笑道：“……如今我冷眼看着，各屋里我们的姐妹都是现拿钱买这些东西的，竟有了一半子。我就疑惑，不是买办脱了空，就是买的不是正经货。”探春、李纨都笑道：“你也留心看出来了？脱空是没有的，只是迟些日子。催急了，不知哪里弄些来，不过是个名儿，其实使不得，依然还得现买。就用二两银子，另叫别人的奶妈子的弟兄儿子买来，方才使得。要使官中的人去，依然是那一样的，不知他们是什么法子。”平儿便笑道：“买办买的是那东西，别人买了好的来，买办的也不依他，又说他使坏心，要夺他的买办。所以他们宁可得罪了里头，不肯得罪了外头办事的。要是姑娘们使了奶妈子们，他们也就不敢说闲话了。”（第五十六回）

不但此也，买办舞弊，账房也随之舞弊。探春说：“这一年间，管什么的，主子有一全分，他们（指账房）就得半分，这是每常的旧规，人所共知的。”（第五十六回）岂但账房，过去人士要谒见显贵，须馈其司阍，使为传达，贾府的门子就有这个外财可得。例如柳五儿之母到她哥哥家中，走时，她嫂子送了一包茯苓霜，说道：“这是你哥哥昨日在门上该班儿，谁知这五日的班儿，一个外财没发，只有昨日有广东的官儿来拜，送了上头两小篓子茯苓霜，余外给了门上人一篓作门礼，你哥哥分了这些。”（第六十回）这是题外的话，不再多赘。总之，贾府婢多仆冗，安得不穷？此事凤姐知之，她对平儿说：“家里出去的多，进来的少，凡有大小事儿，仍是照着老祖宗手里的规矩，却一年进的产业，又不及先时。多俭省了，外人又笑话，老太太、太太也受委屈，家下也抱怨克薄。若不趁早儿料理省俭之计，再几年就都赔尽了！”（第五十五回）甚至黛玉也知之，她对宝玉说：“咱们也太费了，我虽不管事，心里每常闲了，替他们一算，出的多，进的少。如今若不省俭，必致后手不接。”（第六十二回）宝钗也劝王夫人省俭，她说：“此外还要劝姨娘，如今该减省的就减省些，也不为失了大家的体统。……姨娘深知我家的，难道我家当日也是这样零落不成？”（第七十八回）

收入不敷支出，年年有赤字预算，贾家尤其荣府穷了，而“日用排场又不能将就省俭”，而如冷子兴之言（第二回），结果只有典当，以救燃眉之急。贾蓉笑向贾珍道：“前儿我听见二婶娘和鸳鸯悄悄商议，要偷老太太的东西去当银子呢。”贾珍笑道：“那又是凤姑娘的鬼！哪里就穷到如此？”（第五十三回）其实，贾蓉之言并不是道听途说，荣府确有典当之事。贾琏见鸳鸯与平儿坐在房里闲谈，便乘机向鸳鸯说：

> 这两日，因老太太千秋，所有的几千两都使了。几处房租、地租，统在九月才得，这会子竟接不上。明儿又要送南安府里的礼，又要预备娘娘的重阳节，还有几家红白大礼，至少还得二三千两银子用，一时难去支借。俗语说的好：“求人不如求己。”说不得姐姐担个不是，暂且把老太太查不着的金银家伙，偷着运出一箱子来，暂押千数两银子，支腾过去。不上半月的光景，银子来了，我就赎了交还，断不能叫姐姐落不是。（第七十二回）

鸳鸯听了，笑道：“你倒会变法儿！亏你怎么想了！”凤姐听见鸳鸯去了，贾琏进来，凤姐回问道：“他可应准了？”贾琏笑道："虽未应准，却有几分成了。"（同上）此外还有好数次典当之事，或确是因穷而当，因穷而卖，或则故意在人前典当，以打发宫中太监之打秋风（第七十二回）。贾府太过奢靡，终至典当以救急。周瑞媳妇报告凤姐说，外面还有歌儿呢，说是："宁国府，荣国府，金银财宝如粪土。吃不穷，穿不穷，算来总是一场空。"（第八十三回）

贾赦只知淫乐，"不管理家事"（第二回），当然不知家计的困难。贾政"不惯于俗务"（第十六回），"每公暇之时，不过看书着棋而已"（第四回），故亦不知亏空已久。到了抄家之后，才连连叹气想道："不但库上无银，而且尚有亏空。这几年竟是虚名在外，只恨我自已为什么胡涂若此！"（第一百六回）他叫现在府内当差的男人进来，问起历年居家用度，共有若干进来，该用若干出去。那管总的家人将近年支用簿子呈上。贾政看时，近年东庄地租不及祖上一半，如今用度比祖上加了十倍。急得跺脚道："岂知好几年头里，已经'寅年用了卯年'的……我如今要省俭起来，已是迟了。"（第一百六回）过了数天，贾母问贾政："咱们西府里的银库和东省地土，你知道还剩了多少？"贾政只有据实报告，贾母急得眼泪直淌，说道："怎么着？咱们家到了这个田地了么？……据你说起来，咱们竟一两年就不能支了？"（第一百七回）及至散了余资之后，她还说，“那知道家运一败直到这样！若说外头好看，里头空虚，是我早知道的了，只是‘居移气，养移体’，一时下不了台就是了。如今借此正好收敛。”（第一百七回）

在贾府破产之时，“那些家奴见主家势败，也便趁此弄鬼，并将东庄租税也就指名借用些”（第一百六回）。观历史所载，凡朝代将次颠覆之时，均有此种现象，上自中央大员，下至地方小吏，上焉者持禄固位，多务因循，下焉者知国运之不长，又急急于营私舞弊，为身后之计，岂独贾府的奴才而已。

三、贾府子弟的堕落

自贾演、贾源立下军勋，前者封为宁国公，后者封为荣国公之后，传到从玉旁之名的，已有四代。虽然上一代从文旁的，尚有宁府的贾敬，荣府的贾赦及贾政。贾敬中过进士（第十三回），他“一味好道，只爱烧丹炼汞，余者一概不在他心上”（第二回）。当其长孙媳妇（秦可卿）死时，他“自以为早晚就要飞升，如何肯又回家染了红尘，将前功尽弃”（第十三回），糊涂如此，便将世袭的官让给贾珍去做。荣府的贾赦袭了官，冷子兴虽说：“为人平静中和，也不管理家事。”（第二回）其实，贾赦不管家事，确是事实，而其为人，则有寡人之疾，一是好色。贾赦要娶鸳鸯为妾，鸳鸯只咬定牙不愿意，他对鸳鸯之兄金文翔说：

我说给你，叫你女人和他说去，就说我的话：自古“嫦娥爱少年”；他必定嫌我老了，大约他恋着少爷们！多半是看上了宝玉！——只怕也有贾琏。若有此心，叫他早早歇了！我要他不来，以后谁敢收他？这是一件。第二件：想着老太太疼他，将来外边聘个正头夫妻去。叫他细想：凭他嫁到了谁家，也难出我的手心！除非他死了，或是终身不嫁男人，我就服了他！要不然时，叫他趁早回心转意，有多少好处！（第四十六回）

威胁不成，“只得各处遣人购求寻觅，终久费了五百两银子买了一个十七岁女孩子来，名唤嫣红，收在屋里”（第四十七回）。二是好货，贾赦把贾琏打的动不得，据平儿告诉宝钗说：

今年春天，老爷不知在那个地方看见几把旧扇子，回家来，看家里所有收着的这些好扇子，都不中用了，立刻叫人各处搜来。谁知就有个不知死的冤家，混号儿叫作石头呆子，穷的连饭也没的吃，偏偏他家就有二十把旧扇子，死也不肯拿出大门来。二爷好容易烦了多少情……拿出这扇子来略瞧了一瞧。据二爷说：原是不能再得的，全是湘妃竹、麋鹿玉竹的，皆是古人写画真迹。回来告诉了老爷，便叫买他的，要多少银子给他多少。偏那石呆子说："我饿死，冻死，一千两银子一把，我也不卖！……要扇子先要我的命！"……谁知那雨村没天理的——听见了，便设了法子，讹他拖欠官银……把这扇子抄了来，做了官价送了来！那石呆子如今不知是死是活。老爷问着二爷说："人家怎么弄了来了？"二爷只说了一句："为这点子小事，弄的人家倾家败产，也不算什么能为。"老爷听了就生了气，说二爷拿话堵老爷呢。……过了几日，还有几件小的……所以都凑在一处……打了一顿，脸上打破了两处。（第四十八回）

贾赦为人如此，虽袭了官，荣府家务却交贾琏去办。总之，宁荣两府管理家事的，都是玉字辈的人。此辈距离祖宗创业，已历四代。他们长于官邸之中，入则在丫鬟之手，出则唯幕宾清客。丫鬟是奴婢，幕宾清客则为师友。奴婢以伺喜怒为贤，师友若亦爱憎主人之所爱憎，则为逢迎。他们看到贾府势力，自不免依阿附顺。贾府子弟沉沦富贵，骄侈无忌，由玉字辈管理家务，求其保全先绪，已经不易，更何能望其绍承祖业，大振家声。冷子兴说："谁知这样钟鸣鼎食之家，翰墨诗书之族，如今养的儿孙竟一代不如一代了。"（第二回）

确实不错。固然荣府尚有一位贾政，“自幼酷喜读书，为人端方正直”（第二回），但他是荣府次房，“素性潇洒，不以俗事为要，每公暇之时，不过看书着棋而已”（第四回）。他听了冯紫英谈到贾雨村说道：“不过几年，升了吏部侍郎、兵部尚书，为着一件事降了三级，如今又要升了。”冯紫英道：“人世的荣枯，仕途的得失，终属难定。”贾政道：“就是甄家……一会儿抄了原籍的家财……不知他近况若何，心中也着实惦记着。”贾赦道：“咱们家是再没有事的。”冯紫英道：“果然尊府是不怕的……你们家自老太太起，至于少爷们，没有一个刁钻刻薄的。”贾政道：“虽无刁钻刻薄的，却没有德行才情。白白的衣租食税，那里当得起？”贾赦道：“咱们不用说这些话，大家吃酒罢。”（第九十二回）贾政尚有知己之明，贾赦不听逆耳之言，由此可以知道。

我研究贾府子弟所以一代不如一代，到了草字辈，如贾蓉、贾蔷、贾芹等便变成败家之子。考其原因，乃由于贾府不甚注重子弟的教育。宝玉上学之时，家塾只请一位同宗贾代儒。代儒年龄已老，何能严格管教许多学童？贾政虽知代儒学问中平，只因他是本家中有年纪，且有点学问的人，还弹压得住这些小孩子们，不至以颟顸了事（第八十一回）。吾观代儒在贾府中的地位，未必比赖大、林之孝等为高。王夫之说："学政唯宋为得，师儒皆州县礼聘，而不系职于有司……督学官一以宾礼接见，不与察计之列。"（《噩梦》）顾炎武说："汉世之于三老，命之以秩，颁之以禄……当日为三老者多忠信老成之士也。上之人所以礼之者甚优，是以人知自好，而贤才亦往往出于其间。新城三老董公遮说汉王，为义帝发丧，而遂以收天下。壶关三老茂上书，明戾太子之冤，史册炳然，为万世所称道。"（《日知录》卷八《乡亭之职》）哪里有同后代那样，中小学校长见到督学官，鞠躬如也；一听县长来校参观，又引率全校师生站在门口欢迎并欢送。师道尊严已经扫地，所谓尊师重道更不必谈了。代儒之在贾府，固然没有如斯下贱，但他因事告假，就将学中之事，交给长孙贾瑞管理。以贾府子弟之多，又兼有亲戚的子侄附学，"未免人多了，就有龙蛇混杂，下流人物在内"。而代课的贾瑞"最是个图便宜没行止的人，每在学中，以公报私，勒索子弟们请他。后又助着薛蟠（他"假说来上学，不过是三日打鱼，两日晒网，白送些束脩礼物与贾代儒，却不曾有一点儿进益"），图些银钱酒肉，一任薛蟠横行霸道，他不但不去管约，反'助纣为虐'，讨好儿"。结果，就发生了顽童大闹书房之事，难怪李贵（宝玉奶姆的儿子）道："这都是瑞大爷的不是。太爷（代儒）不在这里，你老人家就是这学里的头脑了，众人看你行事。众人有了不是，该打的打，该罚的罚，如何等闹到这步田地还不管呢？……素日你老人家到底有些不是，所以这些兄弟不听。”（第九回）

宝玉入学时候，情形如此，我想贾珍、贾琏幼时读书，也必相差不远。冷子兴说：“这珍爷那里肯读书？只一味高乐不了，把那宁国府竟翻了过来，也没有敢来管他的人。”（第二回）赖嬷嬷（赖大的母亲）也说：“如今我眼里看着，耳朵里听着，那珍大爷管儿子……只是着三不着两的。他自己也不管一管自己，这些兄弟侄儿怎么怨的不怕他？”（第四十五回）

前已述过贾赦好色兼好货之事。他买了一个十七岁女孩来，名唤嫣红，收在屋里（第四十七回），又将房中一个十七岁的丫鬟，名唤秋桐，赏给贾琏为妾。贾琏“素昔见贾赦姬妾丫鬟最多，每怀不轨之心，只未敢下手；今日天缘凑巧，竟把秋桐赏了他，真是一对烈火干柴，如胶投漆，燕尔新婚，连日哪里拆得开”（第六十九回）。我想贾赦与贾琏，犹如贾珍与贾蓉，名为父子，实则无异酒色朋友。

宝玉神游太虚境之时，看了金陵十二钗正册，最后一图，其判云：“漫言不肖皆荣出，造衅开端实在宁。”（第五回）贾府子侄种种不正行为多开始于宁府，我们姑不提宝玉梦作云雨之事，是在宁府（第五回）。宝玉会秦钟，后来似有龙阳之嗜，也在宁府（第七回、第九回、第十五回）。贾瑞遇到凤姐而起淫心，是在贾敬寿辰开夜宴之时（第十一回、第十二回）。贾琏偷娶尤二姐，是因贾敬归天，出殡未葬，而贾蓉包藏祸心，极力怂恿（第六十四回、第六十五回）。这种丑事无不发生于宁府。其最不堪的，如开赌场、玩男妓等等无一不由宁府作俑。兹只举一例为证，读者若不厌烦，试将《红楼梦》原文摘要如次：

贾珍近因居丧（贾敬一心想做神仙，参星礼斗，守庚申，服灵砂，卒至烧胀而殁，见第六十三回），不得游玩，无聊之极，便生了个破闷的法子，日间以习射为由，请了几位世家弟兄及诸富贵亲友来较射。……立了罚约，赌个利物……命贾蓉做局家。……贾珍志不在此，再过几日，便渐次以歇肩养力为由，晚间或抹骨牌，赌个酒东儿，至后渐次至钱。……竟一日一日地赌胜于射了，公然斗叶掷骰，放头开局，大赌起来。……近日邢夫人的胞弟邢德全（人们都叫他傻大舅）也酷好如此，所以也在其中；又有薛蟠（早已出名的呆大爷）头一个惯喜送钱与人的，见此岂不快乐？……

且说尤氏潜至窗外偷看。其中有两个陪酒的小幺儿，都打扮的粉妆锦饰。今日薛蟠又掷输了，正没好气，幸而后手里渐渐翻过来了，除了冲账的，反赢了好些，心中自是兴头起来。贾珍道："且打住，吃了东西再来。"因问："那两处怎么样？"此时打天九赶老羊的未清，先摆下一桌，贾珍陪着吃。薛蟠兴头了，便搂着一个小幺儿喝酒，又命将酒去敬傻大舅。

傻大舅输家，没心肠，喝了两碗，便有些醉意，嗔着陪酒的小幺儿只赶赢家不理输家了，因骂道："你们这起兔崽子，真是没良心的王八羔子！天天在一处，谁的恩你们不沾？只不过这会子输了几两银子，你们就这样三六九等儿的了。难道从此以后再没有求着我的事了？"众人见他带酒，那些输家不便言语，只抿着嘴儿笑。那些赢家忙说："大舅骂的很是。这些小狗攮的们都是这个风俗儿。"因笑道："还不给舅太爷斟酒呢！"

两个小孩子都是演就的圈套，忙都跪下奉酒，扶着傻大舅的腿，一面撒娇儿，说道："你老人家别生气，看着我们两个小孩子罢。我们师父教的：不论远近厚薄，只看一时有钱的就亲近。你老人家不信，回来大大的下一注，赢了，白瞧瞧我们两个是什么光景儿！"说的众人都笑了。这傻大舅撑不住也笑了，一面伸手接过酒来，一面说道："我要不看着你们两个素日怪可怜见儿的，我这一脚，把你们的小蛋黄子踢出来。"说着，把腿一抬。两个孩子趁势儿爬起来，越发撒娇撒痴，拿着洒花绢子，托了傻大舅的手，把那钟酒灌在傻大舅嘴里。

傻大舅哈哈地笑着，一扬脖儿，把一钟酒都干了，因拧了那孩子的脸一下儿，笑说道："我这会子看着又怪心疼的了！"（第七十五回）

这一幕写得妙极，也写得下流极。此种下流作风当然传染到贾府年轻的一辈。薛蟠生日前一天，请宝玉吃便饭。问宝玉打算送什么礼物，宝玉说，唯有写一张字，或画一张画。

薛蟠笑道："你提画儿，我才想起来了。昨儿我看人家一本春宫儿，画的着实好……看落的款，原来是什么'庚黄'的。真好的了不得！"宝玉听说，心下猜疑……想了半天……命人取过笔来，在手心里写了两个字……将手一撒给他看，道："可是这两个字罢？其实与'庚黄'相去不远。"众人都看时，原来是"唐寅"两个字。（第二十六回）

我为什么把这一段文字抄下？此时宝玉年龄大约不及十六岁，以如斯年龄的小孩而竟知道唐寅所画的春宫，无乃太过聪明。今人多谓现在小孩早熟，哪知贾府子弟比现今小孩还要早熟。今人常主张小孩应授以“性教育”，哪知贾府子弟关于性教育，还能依王阳明学说，知行合一。傻大姐在大观园内拾到的妖精打架图画（第七十三回），安知不是宝玉叫小厮茗烟在外面买来，不慎丢在地上呢？因为宝玉曾经看到茗烟按着一个女孩子，干那妖精打架的事（第十九回）。

薛蟠过生之后，越数日，神武将军冯唐公子冯紫英请宝玉、薛蟠到他家里吃便饭，陪坐的有唱小旦的蒋玉函，又有锦香院的妓女云儿。宝玉见蒋玉函“妩媚温柔，心中十分留恋”，乃交换礼物（第二十八回），由此可知当时官家子弟大率是膏粱轻薄之徒。

宝玉深居简出，尚且如此，则贾蓉、贾蔷、贾芹等更不必说了。尤二姐未嫁贾琏以前，其风度不似大家出身的姑娘，贾蓉对她，言语及举动亦不像世家子弟（第六十三回以下）。贾蔷每日“斗鸡走狗、赏花阅柳”（第九回）。他与龄官，一方千般体贴，一方万般柔情，竟令宝玉“深悟人生情缘各有分定”（第三十六回）。至于贾芹，简直是下流的轻薄子。凤姐派他在水月庵照管杂务，而他竟把清净的尼姑庵改造为肮脏的妓女院，而致荣府门上贴张“大字报”，上面写着：

“西贝草斤”年纪轻，水月庵里管尼僧。一个男人多少女，窝娼聚赌是陶情。不肖子弟来办事，荣国府内好声名。

贾政看了，气的头昏目晕，一方叫人去唤贾琏出来，告以水月庵之事，同时叫赖大到水月庵去，把那些女尼姑女道士一齐拉回来。赖大到了水月庵，果然看见贾芹同那些女孩子们饮酒作乐。赖大押着贾芹等回到荣府，此时贾政已赴衙门上班。贾琏因为贾芹平素常在一处玩笑，乃拉着赖大，央他：“护庇护庇罢，只说芹哥儿是在家里找了来的。……明日你求老爷，也不用问那些女孩子了。竟是叫了媒人来，领了去一卖完事。……”赖大想来，闹也无益，且名声不好，也就应了（第九十三回），“晚上贾政回来，贾琏、赖大回明贾政。贾政本是省事的人，听了也便撂开手了”（第九十四回）。一场有关荣府名誉的风波，就这样马马虎虎地结束。

吾研究贾芹之事能够敷衍下去，不外三种原因：

一是贾政派贾琏会同赖大查办，然而贾琏与贾芹“平素常在一处玩笑”，查办的人与被查办的人不但素有交情，而且共同游玩，当然要同顾炎武所说：“情亲而弊生，望轻而法玩。”（《日知录》卷九《部刺史》）何况贾琏平日行止又和贾芹差不了多少，叫他查办贾芹淫乱之事，何能尽职而不敷衍了事？

二是赖大有闹大了，“名声不好”的顾虑，即家丑不欲外扬之意。那知丑而扬之，其丑自消；丑而欲盖，其丑弥彰。家事如此，国事亦然。那一个国家没有不肖的官吏，其所以不会辱及国誉者，盖有司自行检举，法院依法制裁，国有纪律，不但可以警戒官吏，且可以培养平民守法之心。赖大出身于奴才，其有如斯观念，固不足怪。

三是贾政“本是省事的人”。吾人以为齐家犹如治国，有的事可以省，有的事万不可省。摆场面是愈省愈好的，整风纪，则省事只有长乱导奸。宋代李觏有一首诗：“喜闻吉事怕闻凶，天下人心处处同，乍出山来言语拙，莫将刺字谒王公。”贾政早就知道贾家子侄“没有德行才情”（第九十二回），而乃不加教训，只以省事为务，就是出于“喜闻吉事怕闻凶”的心理。

四、贾母在贾府中的地位

我们不必讨论父权社会以前，是否尚有母权社会。换言之，在原始社会，女权是否比男权大些，我们无须研究。吾国古代大率是外事由男主之，内事由女主之。即《易经·家人卦》所说："女正位乎内，男正位乎外。"亦即《礼记》所说："男不主内，女不主外。"（《礼记注疏》卷二十七《内则》）"男子居外，女子居内。"（同上卷二十八《内则》）此乃分工合作之意，本来没有平等不平等的意思。依《红楼梦》所述，家庭之内，女权似比男权为大。吾国于美国二百年建国纪念之时，送了一个大铜牌，内刻《礼运》中"大同"一段，美国人见中有"男有分，女有归"之句，谓其是男女不平等之语，拒绝放在公园之内。吾未见译文如何，其实，外国男女平权思想也不过开始于十九世纪之末，而男女不平等的现象，在文字上尚留有遗迹。英语之man，德语之Mann，法语之homme，均有两个意义，一指人类，二指男人。如是，则人类之中似不包括女人，换言之，女人乃不视为人类了。这比之“男有分，女有归”，到底那一方更不平等？

题外之言，到此为止。宁荣两府传到文旁辈，尤其玉旁辈，已经忘记祖宗九死一生，创业之艰难。他们自幼生长于富贵之家，不知守成亦非易。宁府的贾敬“一心想做神仙”，因之，把官让给其子贾珍（第二回）。贾珍乃纨绔公子，只知花天酒地，就由其妻尤氏管理家事。在荣府，贾赦居长，“不管理家事”（第二回），其弟政“不惯于俗务”（第十六回），家务就由贾赦之子琏去管。但贾琏和贾珍一样，都是酒色之徒，“不喜正务”（第二回），于是家事就由琏妻凤姐管理。总而言之，宁荣两府管家的权均落在妇女手上（尤氏及凤姐）。依吾国古礼，男人不管内事，则宁荣两府内事由妇女去管，似无反于吾国古代传统的礼教。我于《红楼梦》中，总觉得妇女甚有权力。

在贾府妇女之中，贾母年龄最长，其辈分亦最高，宁府的贾敬，辈分尚低她一级。因之，宁荣两府主子尤其管理荣府家务的凤姐常看贾母眼色，依贾母之意行事。贾母年龄已老，其常在贾母身边的，是丫头鸳鸯。她不但伺候贾母，且能先意承志，代尽子道。据贾母说：

我的事情，他（鸳鸯）还想着一点子。该要的，他就要了来；该添什么，他就趁空儿告诉他们添了。鸳鸯再不这么着……里头外头，大的小的，哪里不忽略一件半件？我如今反倒自己操心去不成？还是天天盘算，和他们要东要西去？……我凡做事的脾气性格儿，他还知道些。……我有了这么个人，就是媳妇孙子媳妇想不到的，我也不得缺了，也没气可生了。（第四十七回）

即鸳鸯之于贾母，无异于汉代的内朝官，其权力可与尚书令比拟。所以办事的人要知道贾母的意思，不能不向鸳鸯打听。贾母为凤姐攒金庆寿，托宁府尤氏办理，尤氏“便走到鸳鸯房中，和鸳鸯商议，只听鸳鸯的主意行事，何以讨贾母喜欢”（第四十三回）。李纨说：

老太太屋里要没鸳鸯姑娘，如何使得？从太太起，那一个敢驳老太太的回？他现敢驳回，偏老太太只听他一个人的话。老太太的那些穿戴的，别人不记得，他都记得，要不是他经管着，不知叫人诓骗了多少去呢！况且他心也公道，虽然这样，倒常替人上好话儿，还倒不倚势欺

人的。（第三十九回）

惜春听了，笑道："老太太昨日还说呢，他比我们还强呢！"大凡老年人都喜欢热闹，贾珍说："老祖宗是爱热闹的。"（第十一回）凤姐生日，贾母发起攒金庆寿（第四十三回）；宝钗生日，贾母便自己捐资二十两银子，唤凤姐去备酒席（第二十二回）；探春初结海棠社，赏桂花，吃螃蟹，史湘云做东，贾母一请就到，且说："倒是他有兴头，须要扰他这雅兴。"（第三十八回）芦雪亭即景咏诗，未请贾母，诗方咏罢，贾母竟然冒雪来凑热闹（第五十回）。过年过节固不必说，每年十一月初一日，依老规矩，也办消寒会，喝酒说笑。有一年，宝玉以为贾母忘了，哪知贾母对此高兴的事，绝不会忘，且叫宝玉不用上学（第九十二回）。贾母喜欢刘老老，就是因为刘老老能凑趣，任由凤姐、鸳鸯拿她取笑，绝不之恼。贾母在大观园内晓翠堂开宴，特叫刘老老入坐，刘老老装傻装狂，说些呆话，引起"上上下下都一齐哈哈大笑起来"。及至鸳鸯行酒令，而用骨牌副。所谓骨牌副，即取骨牌三张而能成为一副的，将这三张牌拆开，先说第一张，次说第二张，再说第三张，合成这一副的名字。例如鸳鸯对贾母所说，一张是天，一张是五合六，一张是六合一，合起来，成为五个六，这叫作巧六，成为一副。其对薛姨妈所说，一张是五六，一张又是五六，一张是二五，即三张牌三头相同，均有五，除去五，其余（六、六、二）合起来，共十四点。凡在十四点以上，均成一副，十三点以下，则不成副。鸳鸯用韵语说一张，对方所说，无论诗、词、歌、赋、成语、俗语，比上一句，都要合韵，错了罚酒。此种酒令轮到刘老老，她的答词，滑稽百出，“众人听了，哄堂大笑起来”，哄得贾母笑道：“今日实在有趣。”（第四十回、第四十一回）

贾母暇时常以打牌为戏。昔日膏粱妇女在家无事，常设法消磨光阴，凤姐事忙，亦曾在宁府“玩了一回牌”（第七回），又“在上房算了输赢账”（第二十回）。贾母或“同几个老管家的嬷嬷斗牌”（第二十回），李纨、凤姐对赖嬷嬷说：“闲时坐个轿子进来，和老太太斗斗牌，说说话儿，谁好意思的委屈了你？”（第四十五回）或同家里孙媳妇玩牌，如“与李纨打‘双陆’，鸳鸯旁边瞧着。李纨的骰子好，掷下去，把老太太的锤打下了好几个去，鸳鸯抿着嘴儿笑”（第八十八回）。打牌本来只是解闷，要是一桌的人都板了脸孔，注意输赢，那又何必空费时间，自讨苦吃。贾母打牌，同时喜欢有人说说笑笑，凤姐就有这个本领。凤姐知贾母好热闹，更喜谑笑打诨。当贾赦要娶鸳鸯为妾，鸳鸯不愿意，跪在贾母之前，一面发誓这一辈子要服侍老太太归了西，一面从袖内取出剪刀，打开头发，要铰下来。贾母气得浑身打战（第四十六回），大骂邢夫人之后，命人去请薛姨妈等打牌。此时如何消释贾母的怒气，实有赖于凤姐的滑稽。此段写得极好，兹将原文摘要如次：

凤姐儿道："再添一个人热闹些。"贾母道："叫鸳鸯来。叫他在这下手里坐着。姨太太的眼花了，咱们两个的牌都叫他看着些儿。"凤姐笑了一声，向探春道："你们知书识字的，倒不学算命？"探春道："这又奇了，这会子你不打点精神，赢老太太几个钱，又想算命？"凤姐儿道："我正要算算今儿该输多少，我还想赢呢！你瞧瞧，场儿没上，左右都埋伏下了。"说的贾母薛姨妈都笑起来。

一时，鸳鸯来了，便坐在贾母下首。鸳鸯之下便是凤姐儿。铺下红毡，洗牌告幺，五人起牌。斗了一回，鸳鸯见贾母的牌已十成，只等一张二饼，便递了暗号与凤姐儿。凤姐儿正该发牌，便故意踌躇了半晌，笑道："我这一张牌定在姨妈手里扣着呢，我若不发这一张牌，再顶不下来的。"薛姨妈道："我手里并没有你的牌。"凤姐儿道：“我回来是要查的。”薛姨妈道：“你只管查，你且发下来，我瞧瞧是张什么。”凤姐儿便送在薛姨妈跟前。薛姨妈一看是个二饼，便笑道：“我倒不稀罕他，只怕老太太满了。”凤姐听了，忙笑道：“我发错了！”贾母笑的已掷下牌来，说：“你敢拿回去！谁叫你错的不成？”……又向薛姨妈笑道：“我不是小气爱赢钱，原是个彩头儿。”……

凤姐儿正数着钱，听了这话，忙又把钱穿上了，向众人笑道：“够了我的了！竟不为赢钱，单为赢彩头儿。我到底小气，输了就穿钱，快收拾起来罢。”贾母规矩是鸳鸯代洗牌的，便和薛姨妈说笑，不见鸳鸯动手，贾母道：“你怎么恼了，连牌也不替我洗？”鸳鸯拿起牌来笑道：“奶奶不给钱么？”贾母道：“他不给钱，那是他交运了！”便命小丫头把他那一吊钱都拿过来。小丫头子真就拿了，搁在贾母旁边。凤姐儿笑道：“赏我罢！照数儿给就是了。”薛姨妈笑道：“果然凤姐儿小器，不过玩儿罢了。”

凤姐儿听说，便站起来，拉住薛姨妈，回头指着贾母素日放钱的一个木箱子，笑道：“姑妈瞧瞧！那个里头不知玩了我多少去了！这一吊钱，玩不了半个时辰，那里头的钱就招手儿叫他了。只等把这一吊也叫进去了，牌也不用斗了，老祖宗气也平了，又有正经事差我办去了。”话未说完，引的贾母众人笑个不住。正说着，偏平儿怕钱不够，又送了一吊来，凤姐儿道：“不用放在我跟前，也放在老太太的那一处罢。一齐叫进去倒省事，不用做两次，叫箱子里的钱费事。”贾母笑的手里的牌撒了一桌子，推着鸳鸯，叫：“快撕他的嘴！”（第四十七回）

在荣府之中，最受贾母宠爱的有两个人，一是宝玉，二是凤姐。其爱宝玉有近于溺爱不明。贾母对张道士说：“他（宝玉）外头好，里头弱；又搭着他老子逼着他念书，生生儿地把个孩子逼出病来了。”（第二十九回）贾母忽然想起，向贾政笑道：“元春甚惦念宝玉。”贾政赔笑道：“只是宝玉不大肯念书，辜负了娘娘的美意。”贾母道：“你们时常叫他出去作诗作文，难道他都没作上来么？小孩子家慢慢地教导他。可是人家说的，‘胖子也不是一口儿吃的’。”贾政听了这话，忙赔笑道：“老太太说的是。”（第八十四回）祖母溺爱孙子，竟令父亲不敢管束了。前此贾政听到宝玉“在外流荡优伶，去赠私物；在家荒疏学业，逼淫母婢”，喝令小厮将宝玉按在凳上，举起大板，打了十来下。贾政还嫌打的轻，自己拿过板子来，狠命地又打了十几下。贾母闻此消息，急赶出来，上气不接下气地说道："先打死我，再打死他，就干净了！"又叫王夫人道："你也不必哭了。如今宝玉儿年纪小，你疼他；他将来长大，为官作宦的，也未必想着你是他母亲了。你如今倒是不疼他，只怕将来还少生一口气呢！"（第三十三回）贾母如何溺爱宝玉，观此就可明白。宝玉要多加管束，王夫人何尝不知，她对袭人说："我已经五十岁的人了，通共剩了他（宝玉）一个，他又长的单弱，况且老太太宝贝似的，要管紧了他，倘或再有个好歹儿，或是老太太气着，那时上下不安，倒不好，所以就纵坏了他了。"（第三十四回）这几句话果然是由衷之言么？王夫人曾代宝玉说谎。贾政问道："谁叫袭人？"王夫人道："是个丫头。"贾政道："是谁起这样刁钻的名字？"王夫人见贾政不喜欢了，便替宝玉掩饰道："是老太太起的。"（第二十三回）宝玉既为贾母所钟爱，依韩非说："为人主而大信其子，则奸臣得乘于子以成其私。为人主而大信其妻，则奸臣得乘于妻以成其私。"（《韩非子》第十七篇《备内》）因此，贾府的人上上下下对于宝玉，多另眼看待。邢夫人与人落落难合，而对于宝玉乃"百般摸索抚弄"，卒引起贾环心中不自在，暗示贾兰一同辞别（第二十四回）。

贾母为一家之长，荣府儿孙皆其直系亲属，在理应该爱无差等，然她对于儿子，爱贾政及王夫人乃比其爱贾赦及邢夫人多些；对于孙子，贾琏如何，《红楼梦》未曾明白告诉我们；而其爱护宝玉与厌恶贾环，明显得可成为对比。贾母与李纨打“双陆”，见宝玉提了两个小笼子，笼内有几个蝈蝈儿。

> （宝玉）说道：“我听说老太太夜里睡不着，我给老太太留下解解闷。”……贾母道：“你没淘气，不在学房里念书，为什么又弄这个东西呢？”宝玉道：“不是我自己弄的。前儿因师父叫环儿和兰儿对对子，环儿对不来，我悄悄地告诉了他，他说了，师父喜欢，夸了他两句。他感激我的情，买了来孝敬我的。我才拿了来孝敬老太太的。”贾母道：“他没有天天念书么？为什么对不上来？对不上来，就叫你儒太爷打他的嘴巴子，看他臊不臊！……那环儿小子更没出息：求人替做了，就变着方法儿打点人。这么点子孩子就闹鬼闹神的，也不害臊！赶大了，还不知是个什么东西呢！”……贾母又问道：“兰小子呢？做上来了没有？这该环儿替他了。他又比他小了，是不是？”宝玉笑道：“他倒没有，却是自己对的。”贾母道：“我不信……”宝玉笑道：“实在

是他作的，师父还夸他明儿一定有大出息呢。……”贾母道：“果然这么着，我才喜欢。我不过怕你撒谎，既是他做的，这孩子明儿大概还有一点儿出息。”（第八十八回）

看此一段叙述，可知贾母深恶贾环。宝玉谓师父还夸贾兰一定有大出息，贾母乃改为“还有一点儿出息”。其不甚爱其曾孙，由此亦可知道。海棠花萎了一年，忽又于十一月中开花，宝玉、贾环、贾兰三人均即景咏诗，念给贾母听听，贾母听毕，便说：“我不大懂诗，听去倒是兰儿的好，环儿做的不好。”贾兰的诗由李纨代念，贾母特别称许贾兰，而不批评宝玉的诗（第九十四回），此中理由足供我们思索。案贾兰自幼失怙，喜读书（第一百十回），他由贾母看来，是唯一的曾孙，由王夫人看来，是唯一的孙子，在理，应该深得祖母及曾祖母的宠爱。但吾读《红楼梦》之后，觉得贾兰不但与曾祖母，即与祖母均不甚亲热。王夫人之于贾兰犹如贾母之于宝玉。贾母舍其子而爱其孙，王夫人舍其孙而爱其子，这由我们男人观之，觉得奇怪。只唯贾政有一次不见贾兰，便问“怎么不见兰哥儿”，“忙遣贾环与两个婆子将贾兰唤来。贾母命他在身边坐了，抓果子给他吃”（第二十二回）。及至贾兰与宝玉去应乡试，考毕出场，宝玉失踪，“贾兰也都忘却了辛苦，还要自己找去。倒是王夫人拦住道：‘我的儿，你叔叔丢了，还禁得再丢了你么？好孩子，你歇歇去罢！’”（第一百十九回）王夫人爱惜贾兰，《红楼梦》一书之中，似只有这一次。

贾母不大喜欢贾赦，贾赦当然知道，故当轮流讲笑话之时，竟然说出“你不知天下作父母的，偏心的多着呢”（第七十五回），此话深深地伤了贾母的心，贾赦出去，被石头绊了一下，崴了腿，贾母忙命两个婆子去看，婆子回来说：“如今调服了药，疼的好些了，也没大关系。”贾母点头叹道：“我也太操心！打紧说我偏心，我反这样。”（第七十六回）贾环作诗，贾赦看了，便连声赞好道：“这诗据我看，甚是有气骨。想来咱们这样人家，原不必寒窗萤火，只要读些书，比人略明白些，可以做得官时，就跑不了一个官儿的。何必多费了工夫，反弄出书呆子来？所以我爱他这诗，竟不失咱们侯门的气概！”因回头吩咐人去取自己的许多玩物来赏赐与他，因又拍着贾环的脑袋，笑道：“以后就这样做去，这世袭的前程就跑不了你袭了。”（第七十五回）贾赦是荣府长房，袭了官，赦死，其官应由贾琏袭之。贾琏无子，亦应由贾珠之子贾兰或宝玉袭之，绝轮不到贾环。其所以特别称赞贾环，似是反抗贾母的偏爱，愿把世袭的官让给贾母最厌恶的贾环。

凤姐能言善语，甚得贾母欢心。宝钗生日，贾母叫凤姐点戏，她“知贾母喜热闹，更喜谑笑科诨”，便点了《刘二当衣》，“贾母果真喜欢”（第二十二回）。贾母对宝钗说：“凤儿嘴乖，怎么怨得人疼他？”（第三十五回）又对王夫人说：“我倒欢喜他（凤姐）这么着（用讨好的话，开贾母玩笑）。况且他又不是那真不知高低的孩子。家常没人，娘儿们原该说说笑笑。横竖大礼不错就罢了。没的倒叫他们神鬼似的做什么？”（第三十八回）凤姐生日，“贾母心想今日不比往日，定要教凤姐痛乐一日”；饮酒时，贾母不时吩咐尤氏等，“让凤丫头坐上面，你们好生替我待东，难为他一年到头辛苦”；又命尤氏等，“你们都轮流敬他。他再不吃，我当真的就亲自去了”（第四十四回）。贾母冒雪，参加芦雪亭聚会，不久，凤姐笑嘻嘻地来了。《红楼梦》描写如次：

（凤姐）口内说道：“老祖宗今儿也不告诉人，私自就来了，叫我好找！”贾母见他来了，心中喜欢，道：“我怕你冻着，所以不许人告诉你去。你真是个小鬼灵精儿，到底找了我来。论礼，孝敬也不在这上头。”凤姐儿笑道：“我那里是孝敬的心找了来呢？我因为到了老祖宗那里，鸦没鹊静的……我正疑惑，忽然又来了两个姑子，我心里才明白了；那姑子必是来送年疏，或要年例香例银子，老祖宗年下的事也多，一定是躲债来了。我赶忙问了那姑子，果然不错，我才就把年例给了他们去了。这会子老祖宗的债主儿已去了，不用躲着了。已预备下稀嫩的野鸡，请用晚饭去罢，再迟一回就老了。”他一行说，众人一行笑。凤姐儿也不等贾母说话，便命人抬过轿来。贾母笑着，挽了凤姐儿的手，仍上了轿，带着众人，说笑出了夹道东门。（第五十回）

看此一段，贾母说：“我怕你冻着，所以不许人告诉你去。”多么体贴凤姐；凤姐不等贾母说话，就请贾母上轿回去，盖雪大天冷，怕贾母受寒，多么爱护贾母。元宵节晚上，贾母命女先儿（说书的女瞎子）说书，讲的故事是《凤求鸾》，贾母叫她先说大概，只说几句，贾母就叫她不用说，发了一篇议论，批评此种书本。《红楼梦》继着描写凤姐的打诨如次：

凤姐儿走上来斟酒，笑道：“罢！罢！酒冷了，老祖宗喝一口润润嗓子再掰谎罢。这一回就叫作‘掰谎记’，就出在本朝、本地、本年、本月、本日、本时。老祖宗一张口难说两家话，'花开两朵，各表一枝。''是真是谎且不表，再整观灯看戏的人。'老祖宗且让这二位亲戚（薛姨妈及李婶娘）吃杯酒，看两出戏着，再从逐朝话言掰起，如何？"一面说，一面斟酒，一面笑。未说完，众人俱已笑倒了。……贾母笑道："可是这两日我竟没有痛快的笑一场；倒是亏他才一路说，笑的我这里痛快了些，我再吃钟酒。"吃着酒，又命宝玉："来敬你姐姐一杯。"（第五十四回）

凤姐说笑话，哄得贾母喜悦，其例之多，举不胜举。商鞅有言："凡人臣之事君也，多以主所好事君。"（《商君书》第十四篇《修权》）韩非亦说："凡奸臣皆欲顺人主之心，以取信幸之势者也。"（《韩非子》第十四篇《奸劫弑臣》）"故曰君无见其所欲，君见其所欲，臣将自雕琢。君无见其意，君见其意，臣将自表异。"（同上第五篇《主道》）凤姐能顺贾母之心，以贾母所好，伺候贾母，其深得贾母信任，掌握荣府大权，自有理由。抄家之后，贾母尚不知大祸之降临，凤姐实为罪魁。她散余资，凤姐一人所得，竟与贾赦、贾珍同为三千两银子，而贾赦尚须留下一千两给邢夫人，贾珍亦须留下二千两给尤氏，凤姐则一人自己收着，不许叫贾琏用。且安慰凤姐说道："那些事原是外头闹起来的，与你什么相干？"（第一百七回）其实凤姐已向平儿引咎自责："虽说事是外头闹起，我不放账，也没我的事。……我还恍惚听见珍大爷的事，说是强占良民妻子为妾，不从逼死，有个姓张的在里头，你想想还有谁呢？要是这件事审出来，咱们二爷是脱不了的。"（第一百六回）贾母深居简出，不明真相，以为凤姐无过，这真是俗谚所谓"溺爱不明"。贾母曾说："若说外头好看，里头空虚，是我早知道的了。"（第一百七回）她毕竟是位达观的人，故她又说："大凡一个人，有也罢，没也罢，总要受得富贵，耐得贫贱才好呢。"（第一百八回）抄家之后，逢到宝钗诞辰，"一时高兴，遂叫鸳鸯拿出一百银子来，交给外头，叫他明日起，预备两天的酒饭"，并对湘云说："热热闹闹的给他做个生日，也叫他喜欢这么一天。"（第一百八回）然而境况已非昔日可比，大家都提不起兴趣了。

五、宝玉的变态心理及其激烈思想

《红楼梦》虽然描写贾府的盛衰历史，而以荣国府为主。而在荣国府之中，又以宝玉为中心，配以“金陵十二钗”，并副以侍妾丫鬟等“十二金钗副册”二十四美，所以我们讨论《红楼梦》，不能不述宝玉之为人。

宝玉生长于富贵之家，中举之后，出家为僧。王梦阮、沈瓶庵所共撰的《红楼梦索隐》，以为是书全为清世祖（顺治）与董鄂妃而作，“董鄂妃即秦淮旧妓嫁为冒襄妾之董小宛。清兵南下，为清将所掠，辗转献于清世祖，有宠封贵妃，已而夭逝；世祖哀痛至极，乃遁迹五台山为僧”。胡适对此考证，根据孟纯荪的《董小宛考》，谓“小宛生于明天启四年甲子。清世祖生时，小宛已有十五岁了。若以顺治七年入宫，时清世祖方十四岁，而小宛已二十八矣。小宛比世祖年长一倍，何能入宫邀宠”（见三民版《红楼梦》，饶彬著《红楼梦考证》）。

余虽然不同意王、沈的考证，亦不赞成胡适的反对理由。胡适根据顺治与小宛的年龄，以为十四岁的男孩绝不会爱上二十八岁的妇女。但世上固有畸恋之事。畸恋多发生于两性关系不大正常的家庭之中。顺治之母即孝庄后有下嫁皇太极（顺治父）弟多尔衮的传说，多尔衮“本称为皇叔摄政王”，寻又晋为“皇父摄政王”（见萧一山著《清代通史》卷上）。张苍水《奇零草》有《建州宫词》十首，其七云：“上寿称为合卺尊，慈宁宫里烂迎门，春官昨进新仪注，大礼恭逢太后婚。”摄政王死于顺治六年，则皇太后与摄政王私通，寻又嫁之，当在顺治冲龄之时。顺治幼失母爱，及长，爱上年龄较大的妇女，乃是畸恋的普通现象。远代不谈，即以明代言之，明宪宗年十六即位，万贵妃已三十有五，宠冠后宫，即万贵妃比宪宗年长一倍以上。此犹就宪宗即位时言之。其实，宪宗在东宫时，万贵妃已擅宠，即宪宗未志于学以前，已经爱上了万贵妃。（《明史》卷一百十三《宪宗后妃各传》）宪宗为英宗之子，英宗北狩，代宗即位，代宗性忌刻，自己无子，而又深嫉英宗之子，英宗回国，居南宫，不自得，此时与英宗相伴者乃无子之钱后（同上卷一百十三《英宗钱皇后传》）。宪宗自幼，由于代宗的监视，即与生母（周贵妃，宪宗即位，尊为皇太后）隔离，万贵妃之能邀宠，至死不衰，亦由于宪宗的畸恋。吾引宪宗与万贵妃之事，并不是赞成王梦阮、沈瓶庵的考证，而是反对胡适谓“小宛比顺治年长一倍，何能入宫邀宠”之说。

宝玉于性欲方面，似有变态心理。他看到秦钟“眉清目秀，粉面朱唇，身材俊俏，举止风流”（第七回），即动了遐思。他在冯紫英家里，遇到蒋玉函，“见他妩媚温柔，心中十分留恋”，取出玉玦扇坠相赠，蒋玉函亦解下一条大红汗巾以报（第二十八回）。吾国古代以魁梧奇伟为男子之美，《诗》云：“猗嗟昌兮，颀而长兮，抑若扬兮，美目扬兮，巧趋跄兮，射则臧兮。”（《诗经注疏》卷五之三《国风·猗嗟》）这是形容鲁庄公之美。子都为古代的美男子，他所以美，美在身体魁梧，孔武有力。郑伯伐许，他“与颖考叔争车，颖考叔辀辀以走，子都拔棘（棘戟也）以逐之”（《左传·隐公十一年》）。“争车”不对，“拔棘以逐”更不对，但可证明子都的勇敢。魏晋以后，美的观念就不同了。何晏“动静粉白不去手，行步顾影”（《魏志》卷九《曹爽传》注引《魏略》）。是则此时人士之所谓美，非刚强的美，而是病态的美。卫玠风神秀异，“乘羊车入市，见者皆以为玉人，观之者倾都”，然“多病体羸”，卒时年仅二十七，“时人谓玠被看杀”（《晋书》卷三十六《卫玠传》）。降至南朝，凡风貌映丽的，常见重于朝廷，而侍中之选竟然“后才先貌”（《南齐书》卷三十二王琨等传论）。由是傅粉施朱就成为膏粱子弟的习气。颜之推说：“梁朝全盛之时，贵游子弟……无不熏衣剃面，傅粉施朱，驾长檐车，跟高齿屐，坐棋子方褥，凭班丝隐囊，列器玩于左右，从容出入，望若神仙。”（《颜氏家训》第八篇《勉学》）南朝人士以柔弱为美，于是起自“关中之人雄”的北军，一旦南侵，便势如破竹，南朝遂至于亡。

宝玉自己也是一个美男子，“面如傅粉，唇若施脂，转盼多情，语言若笑。天然一段风韵，全在眉梢；平生万种情思，悉堆眼角”（第三回）。他有三位女性中表，无不貌美如花，但他不爱“肌骨莹润，举止娴雅”的薛宝钗（第四回），也不爱“英豪阔大宽宏量”的史湘云（第五回），而只爱言语尖刻，胸襟狭隘，多愁多病，肺病已入第三期的林黛玉。此种变态的爱好乃发生于变态心理。

宝玉生于富贵之家，长于娥眉堆里，日夜接触的尽是娇娆的妇女，环境可以铸造性癖，因之宝玉的性癖，一言以蔽之，是重女轻男。他说：

> 女儿是水做的骨肉，男人是泥做的骨肉。我见了女儿便清爽；见了男子便觉浊臭逼人！（第二回）

> 奇怪！奇怪！怎么这些人，只一嫁了汉子，染了男人的气味，就这样混账起来，比男人更可杀了！（第七十七回）

他“便料定天地间灵淑之气只钟于女子，男儿们不过是些渣滓浊沫而已。因此，把一切男子都看成浊物，可有可无”（第二十回）。观宝玉之轻男重女，可知蔡元培之《石头记索隐》，谓《石头记》是一本宣扬民族主义的书，“书中本事在吊明之亡，揭清之失，而尤于汉族名士仕清者寓痛惜之意”（引自三民版《红楼梦》，饶彬著《红楼梦考证》），极有问题。何以说呢？清乃“女”真之后，明的皇室则是“汉”人。世多以“汉”指称男人，最通行的则为“男子汉”一语。《红楼梦》果是抑清捧明，何以宝玉常常有捧女抑男的思想？“宝玉素日本就懒与士大夫诸男人接谈”（第三十六回），这更可证明宝玉如何讨厌男子“汉”。换言之，《红楼梦》果如蔡元培的考证，则《红楼梦》作者绝不是抑清捧明，反而是抑明捧清。明宪宗有变态性欲，又因口吃，不欲接见大臣，与其交谈。自是而后，明代天子多匿居宫中，不见朝臣（《陔余丛考》卷十八《有明中叶天子不见群臣》）。宝玉长于裙钗堆里，入则在丫鬟之手，出则唯小厮清客，习以成性，故和明宪宗一样，深居简出，懒与士大夫诸男人接谈。这样，更助长了他轻男重女的观念。

宝玉憎恶士大夫，不欲与之接谈。案士大夫阶级乃发生于春秋之末，到了战国，人数愈多。他们或出身于没落的贵族，或出身于城市的商贾，或出身于农村的地主。单就儒家一派言之，孔子为孔父嘉之后（《史记》卷四十七《孔子世家索隐》），孔父嘉则为宋之司马（《左传·桓公二年》），其后裔畏华氏之迫而奔鲁，遂为鲁人。孔门四科，“受业身通者七十有七人，皆异能之士也”（《史记》卷六十七《仲尼弟子列传》）。孔子门人有子贡，善货殖，家累千金；有子华，适齐之时，乘肥马，衣轻裘；又有子路，衣敝缊袍；复有颜回，一箪食，一瓢饮，居陋巷（同上）。即孔子门人贫富皆有，而形成为士大夫阶级。此辈士大夫之富裕的，固可如曾皙“浴乎沂，风乎舞雩，咏而归”（同上），作优闲的生活；其贫穷的则入仕途。春秋时代，士大夫人数甚少，求职不难，所以在《论语》一书之中，孔子门人虽有学干禄的子张（《论语·为政》），而多数均不以出仕为意，甚至如闵子骞者，辞费宰而不就，若必强制其就职，他将远避于汶水之上（同上《雍也》）。到了战国，士大夫人数增加，而令他们不能不注意出仕问题。所以在《孟子》一书之中，其门下喜欢问仕，而孟子且以出仕为君子（士大夫）的职业。吾人读周霄与孟子的对话，即可知之（《孟子注疏》卷六上《滕文公下》）。孟子不但以出仕为士大夫的职业，且以出仕为士大夫救贫之道，故说："仕非为为贫也，而有时乎为贫。"（同上卷十下《万章下》）士大夫出仕，目的多在干禄以救贫，所以宝玉憎恶士大夫而斥之为"禄蠹"（第十九回）。"宝钗辈有时见机劝导，反生起气来"。并说：

好好的一个清净洁白女子，也学的钓名沽誉，入了国贼禄鬼之流！这总是前人无故生事，立意造言，原为引导后世的须眉浊物；不想我生不幸，亦且琼闺绣阁中亦染此风，真真有负天地钟灵毓秀之德了。（第三十六回）

他本来以甄宝玉为"知己"，及听到甄宝玉所说的话，又认为"近了禄蠹的旧套"。宝钗问"那甄宝玉果然像你么"，宝玉道：

相貌倒还是一样的，只是言谈间看起来，并不知道什么，不过也是个禄蠹。……他说了半天，并没个明心见性之谈，不过说些什么“文章经济”，又说什么“为忠为孝”。这样人可不是个禄蠹么？只可惜他也生了这样一个相貌！我想来有了他，我竟要连我这个相貌都不要了！（第一百十五回）

吾国自汉以后，士大夫要想干禄，必须经过考试。考试之法开始于汉文帝十五年之亲策郡国所选举的贤良，当时所谓选举是令郡国守相察贤举能，采毁誉于众多之论；而所谓考试则注重佐国康时之论，而不尚空言浮文。西汉以后，历代均稍有变更，简单言之，唐用诗赋；宋分诗赋与经义以取士。元代取士乃以经义为主，由《四书》内出题，用《朱子章句集注》。所以韩性说：“今之贡举悉本朱熹私议，为贡举之文，不知朱氏之学，可乎。”（《元史》卷一百九十《韩性传》）明兴，依元之制，取士专尚经义，由朱注《四书》内命题，文有一定格式，称为八股，文章不在于穷理，更谈不上佐国之言，康时之论。清室开科取士，纯依明制。宝玉对此考试方法，极力抨击。袭人述宝玉之言：“只除了什么‘明明德’外就没书了，都是前人自己混编纂出来的。”（第十九回）宝玉心里又想：“更有时文八股一道，因平素深恶，说这原非圣贤之制撰，焉能阐发圣贤之奥，不过后人饵名钓禄之阶。”（第七十三回）宝玉听黛玉叫紫鹃“把我的龙井茶给二爷沏一碗，二爷如今念书了，比不得头里”，宝玉接着说道：

还提什么念书？我最厌这些道学话。更可笑的，是八股文章：拿他诓功名，混饭吃，也罢了，还要说代圣贤立言！好些的，不过拿些经书凑搭凑搭罢了；更有一种可笑的，肚子里原没有什么，东拉西扯，弄的牛鬼蛇神，还自以为博奥。这哪里是阐发圣贤的道理！目下老爷口口声声叫我学这个，我又不敢违拗，你这会子还提念书呢。（第八十二回）

宝玉反对念书，即由反对“禄蠹”而来。叶适说：“今者化天下之人而为士，尽以入官。”（《水心集》卷三《法度总论三》）入官的目的不在于治平，而在于发财，这是宝玉反对禄蠹，因又反对士大夫的原因。吾人观上述宝玉的见解，可以分析为三点，兹试述之如次：

一是反对《四书》。“明明德”一语出自《大学》，而《大学》与《中庸》本来是《礼记》的一部分，朱子取出，与《论语》《孟子》合为《四书》，复为之章句集注。案《论》《孟》两书乃孔、孟门人记录其老师的言论及行事。王充说："案圣贤之言，上下多相违，其文前后多相伐者，世之学者不能知也。"（《论衡》第九卷《问孔篇》）王氏举孔子对子贡及冉子之言以为证，他说："子贡问政，子曰：'足食、足兵，民信之矣。'曰：'必不得已而去，于斯三者何先？'曰：'去兵。'曰：'必不得已而去，于斯二者何先？'曰：'去食，自古皆有死，民无信不立。'信最重也。问使治国无食，民饿弃礼义，礼义弃，信安所立？传曰：'仓廪实，知礼节，衣食足，知荣辱。'让生于有余，争生于不足。今言'去食'，信安得成？春秋之时，战国饥饿，易子而食，析骸而炊，口饥不食，不暇顾恩义也。夫父子之恩信矣，饥饿弃信，以子为食。孔子教子贡去食存信，如何？夫去信存食，虽不欲信，信自生矣，去食存信，虽欲为信，信不立矣。子适卫，冉子仆，子曰庶矣哉。曰既庶矣，又何加焉？曰富之。曰既富矣，又何加焉？曰教之。语冉子先富而后教之。教子贡去食而存信，食与富何别，信与教何异，二子殊教，所尚不同，孔子为国，意何定哉？"（同上）庄子说："孔子行年六十，而六十化，始时所是，卒而非之，未知今之所是之非五十九非也。"（《庄子》第二十七篇《寓言》）后人多不研究那一句话是孔子说在年六十以前，那一句话是孔子说在年六十以后，而致孔子之言不免有前后矛盾之处。至于《大学》《中庸》两书之所言，与《论语》矛盾之处甚多。举一例言之，《论语·为政》谓“道之以政，齐之以刑，民免而无耻”。《大学》谓“唯仁人为能爱人，能恶人”，郑氏注“放去恶人，独仁人能之，如舜放四罪，而天下感服”。孔颖达疏“既放此蔽贤之人，远在四夷，是仁人能爱善人，恶不善之人”。《中庸》说“或安而行之，或利而行之，或勉强而行之，及其成功一也”，孔颖达疏“或安而行之，谓无所求为，安静而行之。或利而行之，谓贪其利益（即爱赏）而行之。或勉强而行之，谓畏惧罪恶（即畏刑），勉力自强而行之”。此即《孝经》第七章《三才》所谓“示之以好恶，而民知禁”，邢昺疏云：“示有好必赏之令，以引喻之，使其慕而归善也。示有恶必罚之禁，以惩止之，使其惧而不为也。”此与法家由人性之有好恶，悬刑赏，奖民为善而禁民为恶，又有什么区别。换句话说，这不是“齐之以刑”么？朱熹不察《四书》之中，矛盾的思想甚多，乃合之而为之注，所以宝玉才说“都是前人自己混编纂出来的”，“混编纂”三字值得吾人注意。《四书》自元以来，用为取士的工具，固然多系孔孟嘉言，学者均崇之为“道德铁则”。然而王阳明乃说：“夫学贵得之心，求之心而非也，虽其言之出于孔子，不敢以为是也，而况其未及孔子者乎。求之于心而是也，虽其言之出于庸常，不敢以为非也，而况其出于孔子者乎……夫道天下之公道也，学天下之公学也，非朱子所得而私也，非孔子可得而私也。天下之公也，公言之而已矣。故言之而是，虽异于己，乃益于己也。言之而非，虽同于己，适损于己也。”（《阳明全书》卷二《答罗整庵少宰书》）李卓吾之言更为激烈，他说：“夫天生一人，自有一人之用，不待取给于孔子而后足也。若必待取足于孔子，则千古以前无孔子，终不得为人乎。”（《李氏焚书》卷一《答耿中丞书》）又说，“夫六经语孟非其史官过为褒崇之词，则其臣子极为赞美之词，又不然，则其迂阔门徒、懵懂弟子记忆师说，有头无尾，得前遗后，随其所见，笔之于书。[①]后学不察，便谓出自圣人之口也。决定目之为经矣，孰知其大半非圣人之言乎。纵出自圣人，要亦有为而发，不过因病发药，随时处方，以教此一等懵懂弟子，迂阔门徒云耳。药医假病方难定孰是，岂可遽以为万世之至论乎。”（同上卷三《童心说》）宝玉谓当世之人除“明明德”外，以为别无一本可读的书，其

① 柳宗元说：“或问曰，儒者称《论语》孔子弟子所记，信乎。曰未然也，孔子弟子曾参最少，少孔子四十六岁。曾子老而死，是书记曾子之死，则去孔子也远矣。曾子之死，孔子弟子略无存者矣。吾意曾子弟子之为之也……盖乐正子春子思之徒与为之耳。”（《柳河东集》卷四《论语辩上篇》）

反对《四书》，已可概见。

二是反对八股。吾国自隋唐以后，纯以文词取人，士之精华果锐者，皆尽瘁于记问词章声病帖括之中，其不能得到人才，事之至明。唐时，贾至已言："间者礼部取人……试学者以帖字为精通，而不穷旨意……考文者以声病为是非，唯择浮艳……取士试之小道，不以远者大者，使干禄之徒趋驰末术，是诱导之差也。"（《旧唐书》卷一百九十《贾曾传》）宋时，司马光亦说："文辞者乃艺能之一端耳，未足以尽天下之士也。"（《司马文正公传家集》卷二十《论举选状》）"以言取人，固未足以尽人之才，今之科场，格之以辞赋，又不足以观言。"（同上卷三十《贡院定夺科场不用诗赋状》）顾"国家用人之法，非进士及第者，不得美官，非善为诗赋论策者，不得及第"（同上卷三十二《贡院乞逐路取人状》）。以文辞"进退天下士，不问其贤不肖，虽顽如跖跻，苟程试合格，不废高第；行如颜骞，程试不合格，不免黜落，老死衡宇"（同上卷五十四《起请科场札子》）。然而"四方之人虽于文艺或有所短，而其余所长，有益于公家之用者，盖亦多矣；安可尽加弃斥，使终身不仕邪"（同上卷三十二《贡院乞逐路取人状》）。元明二代，考试均由朱子所撰《四书章句集注》内命题，但明又定下文章的格式，谓之八股，通谓之制义。《明史》谓为太祖与刘基所创（《明史》卷七十《选举志二》），顾炎武则谓始于成化以后（《日知录》卷十六《试文格式》）。文章不在于穷理，而思想则受朱熹注释的拘束，所以士人必须记诵章句，而后方能下笔成文。王阳明说，“世之学者章绘句琢以夸俗，诡心色取，相饰以伪……则今之所大患者，岂非记诵词章之习。”（《阳明全书》卷七《别湛甘泉序》）又说，“世之学者承沿其举业词章之习，以荒秽戕伐其心，既与圣人尽心之学相背而驰，日骛日远，莫知其所抵极矣。”（同上卷七《重修山阴县学记》）顾炎武抨击八股尤力，他说：“八股之害等于焚书，而败坏人才有甚于咸阳之郊所坑者但四百六十余人也。”（《日知录》卷十六《拟题》）黄梨洲亦谓：“今也……其所以程士者止有科举之一途，虽使古豪杰之士舍是亦无由而进取之……流俗之人徒见夫二百年以来之功名气节，一二出于其中，遂以为科目已善，不必他求。不知科目之中既聚此百千万人，不应功名气节之士独不得入。则是功名气节之士之得科目，非科目之得功名气节之士也。”（《明夷待访录·取士下》）宝玉反对八股，在今日固不足为奇，而在宝玉时代，不失为革命性的见解。

三是反对道学。道学亦称理学，创于北宋之周敦颐，光大于二程及张载、邵雍，而继承于朱熹等辈。一般人均谓，朱熹是集道学的大成。余尝区别汉宋儒家思想之不同，汉儒注重治平之术，对于人主生活，不甚苛求。贾谊说："人主之行异布衣，布衣者饰小行，竞小廉，以自托于乡党里邑。人主者天下安，社会固不耳……故大人者不怵小廉，不牵小行，故立大便，以成大功。"（《新书》卷一《益壤》）反之，宋儒尤其道学家注重正诚修齐之道，依孟子"君仁莫不仁，君义莫不义，君正莫不正，一正君而国定矣"（《孟子注疏》卷七下《离娄上》），而主张为政之道以"格君心"为本。如何而格君心之非，道学家对此问题，先假定"人性本善"，而用玄之又玄的观念以证明性善之说。详言之，他们由无极，而太极，而阴阳，而五行，而四时，而万物，用此以说明天人之理。无极大约是指虚空，由虚空之中，发生混然一气，是之谓太极。太极一动一静，则生阴阳。阴阳变化，五行生焉，四时行焉。有了五行四时，又加以阴阳二气之交感，于是化生万物。"惟人也得其秀而最灵"，所以人性本善。道学如何得此性善的结论？他们以为太极是理，阴阳只是气。太极——理未有不善，阴阳——气有时不能和穆，例如春凋秋荣冬温夏寒，这样，在气的方面就有善与不善。人类由阳变阴合而产生，阴阳既有乖戾，则人类（包括人君）不免也有邪僻。如何矫正邪僻而为良善？道学家主张变化气质，惩忿窒欲，迁善改过。窒欲之极，遂由寡欲，进而希望无欲。周濂溪说："孟子曰养心莫善于寡欲，予谓养心当寡焉以至于无。"如何使欲"寡焉以至于无"？他们主张主静。道学家主静之法似受释氏的影响，主张静坐。"程子见人静坐，便叹为善学。朱子教人半日静坐"（引自梁启超著《中国近三百年学术史》），盖静坐而能"止于所不见"，则"外物不蔽，内欲不萌"。唯由吾人观之，这不能视为道德行为，不过如小乘佛教那样，闭室静坐，以求涅槃圆寂而已。[①]

北宋时代，司马光已说："性者，子贡之所不及；命者，孔子之所罕言，今之举人发口秉笔，先论性命，乃至流荡忘返，遂入老庄。"（《司马文正公传家集》卷四十二《论风俗札子》）苏轼亦说："今之士大夫，仕者莫不谈王道，述礼乐，皆欲复三代，追尧舜，终于不可行，而世务因以不举。学者莫不论天人，推性命，终于不可究，而世教因以不明。自许太高，而措意太广。太高则无用，太广则无功。"（《东坡七集·前集》卷二十八《应制举上两制书一

① 本段所述，除已注明出处外，均根据《近思录集注》，可参阅拙著《中国政治思想史》及《中国社会政治史》。

首》）降至南宋，陈亮与叶适亦加以抨击。陈亮说：“始悟今世之儒士自以为得正心诚意之学者，皆风痹不知痛痒之人也。举一世安于君父之雠，而方低头拱手以谈性命，不知何者谓之性命乎。”（《龙川文集》卷一《上孝宗皇帝第一书》）“自道德性命之说一兴，而寻常烂熟无所能解之人，自托于其间，以端悫静深为体，以徐行缓语为用，务为不可穷测，以盖其所无。一艺一能皆以为不足自通于圣人之道也。于是天下之士始丧其所有，而不知适从矣。为士者耻言文章行义，而曰尽心知性；居官者耻言政事书判，而曰学道爱人。相蒙相欺，以尽废天下之实，则亦终于百事不理而已。”（同上卷十五《送吴允成运干序》）叶适亦说：“高谈者远述性命，而以功业为可略，精论者妄推天意，而以夷夏为无辨。”（《水心集》卷一《上孝宗皇帝札子》）而对于道学家之存天理，去人欲之言，认为不切实际。人类有欲，不能否认。先王制民之产，就是要使众人均能偿其所欲。然而人类用物以偿欲，欲已偿了，又复由物以生欲。政治的目的是使人人得其所欲，而又不妨害别人之欲。孟子虽说“养心莫善于寡欲”，然其对梁惠王论政，亦谓“养生送死无憾，王道之始也”。而对齐宣王更明白说出：“无恒产而有恒心者，唯士为能。若民，则无恒产，因无恒心。”恒产，物也；恒心，心也。心与物固有密切的关系，饥寒交迫，而尚曰物外也，心内也，人民哪会满意（《宋元学案》卷五十四《水心学案上》，不知出自《水心集》哪几篇）。

降至明代，李卓吾攻击道学，不遗余力。他说：“彼以为周程张朱者皆口谈道德，而心存高位，志在巨富。既已得高官巨富矣，仍讲道德说仁义自若也，又从而哓哓然语人曰，我欲厉俗而风世，彼谓败俗伤世者莫甚于讲周程张朱者也。”（《李氏焚书》卷二《又与焦弱侯》）“嗟乎，平居无事只解打恭作揖，终日匡坐，同于泥塑，以为杂念不起，便是真实大圣大贤人矣……一旦有警，则面面相觑，绝无人色。甚至互相推诿，以为能明哲。盖因国家专用此等辈，故临时无人可用。”（同上卷四《因记往事》）“夫世之不讲道学，而致荣华富贵者不少也，何必讲道学而后为富贵之资也。此无他，不待讲道学而自富贵者，其人盖有学有才，有为有守，虽欲不与之富贵而不可得也。夫唯无才无学，若不以讲圣人道学之名要之，则终身贫且贱焉，耻矣。此所以必讲道学以为取富贵之资也。然则今之无才、无学、无为、无识而欲致大富贵者，断断乎不可以不讲道学矣。”（《初潭集》卷十一《师友一》）“故世之好名者必讲道学，以道学之能起名也。无用者必讲道学，以道学之足以欺罔济用也。欺天罔人者必讲道学，以道学之足以售其欺罔之谋也。噫！孔尼父亦一讲道学之人耳，岂知其流弊至此乎。”（同上卷二十《师友十·二道学》）李卓吾攻击道学，近乎谩骂，唯在明末，道学的势力甚大，一直到清代同光年间尚未小衰。一般儒生读了“明明德”三字，即以卫道者自居，若问以目的何在，只是禄蠹而已。梁启超说：“宋明诸哲之训所以教人为圣贤也。尽国人而圣贤之，岂非大善，而无如事实上万不可致……故穷理尽性之谈，正谊明道之旨，君子以之自律，而不以责人也。”（《饮冰室文集》之二十八《中国道德之大原》）韩非说：“微妙之言，上智之所难行也。今为众人法，而以上智之所难知，则民无从识之矣。”（《韩非子》第四十九篇《五蠹》）道学家用玄之又玄的无极、太极等等概念，希望国人惩忿窒欲，岂但听者不解，而言者亦不能自圆其说，乃硬拉出孔圣孟轲以做护符。其说无救于国，有害于民，宋代学者老早就知道了。宝玉反对道学，我极同意。

宝玉于历史方面，尤其文臣死谏，武臣死战，认为这只是沽名钓誉，不足以为训。但他所注意的是文臣死谏之一事。他与袭人的对话如次：

（宝玉）笑道：“人谁不死？只要死的好。那些须眉浊物只听见‘文死谏’‘武死战’这二死是大丈夫的名节，便只管胡闹起来。哪里知道有昏君方有死谏之臣，只顾他邀名，猛拼一死，将来置君父于何地？必定有刀兵，方有死战，他只顾图汗马之功，猛拼一死，将来弃国于何地？”袭人不等说完，便道：“古时候儿这些人，也因出于不得已，他才死啊！”宝玉道：“那武将要是疏谋少略的，他自己无能，白送了性命；这难道也是不得已么？那文官更不比武官了，他念两句书，记在心里，若朝廷少有瑕疵他就胡弹乱谏，邀忠烈之名；倘有不合，浊气一涌，即时拼死，这难道也是不得已？要知道那朝廷是受命于天，若非圣人，那天也断断不把这万几重任交代。可知那些死的都是沽名钓誉，并不知君臣的大义。”（第三十六回）

宝玉这一段话，我所赞成的，只有二三句：“若朝廷少有瑕疵，他就胡弹乱谏，邀忠烈之名。”苏轼有言：“知为国者，平居必常有忘躯犯颜之士，则临难庶几有徇义守死之臣。苟平居尚不能一言，则临难何以责其死节。”（《东坡七集·续集》卷十一《上神宗皇帝书》）是时王安石秉政，“好人同己，而恶人异己”，“与之同者援引登青云，与之异者摈斥沉沟壑”，“人之常情，谁不爱富贵而畏刑祸，于是缙绅大夫望风承流，舍是取非。兴利除害，名为爱民，其实病民；名为益国，其实伤国”。而且朝廷考课人才，“袭故则无功，出奇则有赏”（《司马文正公传家集》卷四十五《应诏言朝政阙失状》、卷四十六《乞去新法之病民伤国者疏》），于是人臣之躁进者朝呈一策略，暮献一计划，花样百出，人民莫知所从。闭关时代，最多不过引起民众暴动，朝代随之更迭；若有外敌窥伺于侧，尚可招致国家的灭亡。在这种局势之下，忠梗之臣何能不苦谏而至于死谏。要是“朝廷少有瑕疵”，而即“胡弹乱谏”，以“邀忠烈之名”，我也和宝玉一样，大大反对。明代士大夫往往毛举细故，借以沽名钓誉，而奏章多伤过激，指斥乘舆，则癸辛并举，弹击大臣，则共鲧比肩，迹其事实，初不尽然。武宗下诏南巡，盖欲假巡狩之名，肆其荒游之欲。群臣恐千骑万乘，百姓骚驿，争相谏阻，犹可说也。至于世宗时大礼之议，不过天子个人私事，与国计民生毫无关系，而廷臣竟然伏阙哭争，至谓“国家养士百五十年，仗节死义，正在今日”（《明史》卷一百九十一《何孟春传》）。史臣斥其“过激且戆”（同上卷一百九十二杨慎等传赞），良非虚语。案明代言官往往借端聚讼，逞臆沽名，“然论国事而至于爱名，则将惟其名之可取，而事之得失有所不顾”（同上卷一百八十张宁等传赞）。此后张居正时夺情之议以及再后三案之争，均是不必谏而强谏，宝玉反对“文死谏”，当属此类。李卓吾曾言：“夫暴虐之君淫刑以逞，谏又乌能入也。早知其不可谏，即引身而退者上也。不可谏而必谏，谏之而不听乃去者次也。若夫不听复谏，谏而以死，痴也。何也？君臣之义交也，士为知己死，彼无道之君曷尝以国士遇我也。然此直云痴耳，未甚害也，犹可以为世鉴也。若乃其君非暴，而故诬之为暴，无所用谏，而故欲以强谏，此非以其君父为要名之资，以为吾他日终南之捷径乎。若而人者设遇龙逢比干之主，虽赏之使谏，吾知其必不敢谏矣。故吾因是而有感于当今之世也。”（《初潭集》卷二十四《君臣四·五痴臣》）“昔者，齐宣王问卿”，孟子分之为两种：一是贵戚之卿，“君有大过则谏，反复之而不听，则易位”；二是异姓之卿，“君有过则谏，反复之而不听，则去。”（《孟子注疏》卷十下《万章下》）古代常以君父并称，君父二字合为一语，不知始自何时，莫非是始自道学流行之后？然而父子之情固与君臣之道有别，父子的关系是天然的，君臣的关系是人为的。凡事物由天然而发生的，不能毁，亦不宜毁。至于人为事物，在必要时，能毁，亦宜毁。就谏诤言之，《礼》云：“为人臣之礼不显谏，三谏而不听，则去之。子之事亲也，三谏而不听，则号泣而随之。”（《礼记注疏》卷五《曲礼下》）明代大臣以事亲之礼事君，或廷杖，或下狱而死，这岂可谓为忠？谓之痴臣，可也。再进一步观之，乱臣与贼子绝不相同，贼子之可杀，乃无所逃于天地之间。乱臣是否可杀，则要看人主之行为。孔子说：“君使臣以礼，臣事君以忠。”（《论语·八佾》）即君以礼待臣，而后臣才以忠报君。孟子之言，更见明显，他说：“君之视臣如手足，则臣视君如腹心。君之视臣如犬马，则臣视君如国人，君之视臣如土芥，则臣视君如寇雠。”（《孟子注疏》卷八上《离娄下》）臣既视君如寇雠，则君有大过，何必谏？而为了保护民众的安全，革命可也。“礼时为大，顺次之。尧授舜，舜授禹，汤放桀，武王伐纣，时也。”（《礼记注疏》卷二十三《礼器》）即孔子虽称尧舜之禅让，亦甚赞成汤武的革命。柳宗元说：“汉之失德久矣……曹丕之父攘祸以立强，积三十余年，天下之主，曹氏而已，无汉之思也。丕嗣而禅，天下得之以为晚，何以异夫舜禹之事也。”（《柳河东集》卷二十《舜禹之事》）即由柳宗元观之，禅让与篡夺相去无几。曹丕得到帝位，与尧之禅舜，舜之禅禹，殆无不同。何况汤武之伐桀纣，动师十万，血流漂杵，而后人美称之为革命，顺乎天而应乎人。魏之代汉，却无用兵动武之事。到底孰有利于百姓？王船山说：“天下者非一姓之私也。兴亡之修短有恒数，苟易姓而无原野流血之惨，则轻授他人而民不病。魏之授晋，上虽逆而下固安，无乃不可乎？”（《读通鉴论》卷十一《晋泰始元年》）李卓吾之言稍嫌偏激，然亦有些道理。他说：“孟子曰社稷为重，君为轻。信斯言也，道（冯道）知之矣。夫社者所以安民也，稷者所以养民也。民得安养而后君臣之责始尽。君不能安养斯民，而臣独为之安养，而后冯道之责始尽。今观五季相禅，潜移默夺，纵有兵革，不闻争城。五十年间，虽历四姓，事一十二君，并耶律契丹等，而百姓卒免锋镝之苦者，道务安养之力也。”（《李氏藏书》卷六十《冯道》）余引了许多先哲的话，不过证明宝玉谓“文死谏”只是沽名钓誉。但宝玉只劝人臣不要作“痴臣”，未能更进一步，发表革命的思想，此即宝玉所以为宝玉，不能与古代思想家相比。

六、凤姐的专权及其末路

在荣府之中，管理家务的是贾琏。贾琏乃是纨绔公子，只知斗鸡走狗，终日优游。其妻凤姐能够揣摩贾母心理，先意承志，博得贾母信任，于是管家的权就归属于凤姐。

吾研究中国历史，凡妇女掌握大权的，往往发生问题。所谓唯物史观、唯心史观对于中国历史都套不上，最多只能应用唯性史观，以说明中国历史的变迁。三代之亡，亡于女祸。西汉之亡，亡于元帝之后王氏。她寿命太长，信任娘家子弟，王氏一门前后有五大司马陆续辅政，终则王莽造作符命，篡取汉的天下（《汉书》卷九十八《元后传》）。东汉之亡，亡于外戚与阉宦的斗争，外戚之能秉持朝政，由于幼主即位，权归母后（东汉自章帝始，皇统屡绝，外藩入继，故母后并非幼主之生母）。母后欲巩固自己的政权，无不委用父兄，以寄腹心。及至天子壮大，要收归大权，就与宦官结合，诛戮外戚。最后由于十常侍之凶恣日积，引起党锢之祸，人心由思汉变为恨汉，汉祚遂亡（参阅拙著《中国社会政治史》）。晋虽统一天下，但武帝有季常之癖，杨后受贾充妻郭氏之贿，坚持要立贾女为太子（惠帝）妃（《晋书》卷三十一《武元杨皇后传》）。惠帝即位，王衍贵为三公，妻子郭氏为贾后之亲，常借中宫之势，聚敛无厌，好干预人事（同上卷四十三《王衍传》）。政事败坏，遂有八王之乱，及后来五胡乱华。经南北朝而至隋唐，隋之亡也，亡于独孤后废太子勇，而立炀帝（《隋书》卷三十六《文献独孤皇后传》及卷四十五《房陵王勇传》）。唐之衰也，因玄宗宠杨贵妃，任用杨国忠为相，激成安史之乱，自兹而后，藩镇跋扈，唐室式微而至于亡（参阅拙著《中国社会政治史》）。由五代而至于宋，宋之党争开始于宫廷问题，仁宗欲废立郭皇后，一方有吕夷简一派之赞成，他方有范仲淹一派之反对，交相诋毁，而朋党之论兴矣。经英宗、神宗而至哲宗、徽宗，朋党之争虽与女祸无关，而均由母后听政与天子之意见不合而起。①

① 哲宗初立，英宗宣仁高皇后（神宗母，哲宗曾祖母）听政，起用旧党，罢黜新党。每大臣奏事，皆取法于宣仁后，哲宗有言，或无对者。哲宗心甚怏怏；亲政之后，就驱逐旧党，起用新党。哲宗崩殂，徽宗（神宗子）入承大统，神宗钦圣向皇后听政，废除新政，而用旧党。此时徽宗年已十八，看到大臣唯太后之意见是视，所以亲政之后，又起用新党，而逐旧党。参阅拙著《中国社会政治史》。

由元[①]至明[②]，由明至清[③]，政治问题多少均与后宫有关。

这不是说妇女握权，必生祸乱，而是说祸乱之生常起源于皇后或皇妃之握权。然则妇女握权，何以发生祸乱？古代妇女与今日妇女不同，今日男女平等，女子可与男子受同等的教育。古代有“女子无才便是德”之言，妇女多不读书。凤姐谓探春“他又比我知书识字，更利害一层了”（第五十五回）。贾母告诉巧姐：“好孩子，你妈妈是不认得字的。”（第九十二回）均可证明凤姐未曾读书。妇女纵曾读书，也是一知半解，不识大体。且深居闺房之内，不知外间情形，一旦有权在手，便为所欲为，重者祸国，轻者害家，凤姐就是一个例子。

据《红楼梦》所述：“凤姐素日最爱揽事，好卖弄能干。”（第十三回）其性格，可从尤二姐和小厮兴儿的对话看出：

---

① 元自成吉思汗崩后，皇位往往虚悬至数年之久，此盖皇后与宗室关于继统之人为谁，意见不能一致。自是而后，每一帝崩，无不发生继嗣问题，而引起宗室内讧及大臣争权之事。参阅拙著上揭书。

② 明在宪宗时已有万贵妃之扰乱内庭（《明史》卷一百十三《万贵妃传》），神宗末年以后，三案之争则与郑贵妃及李选侍有关，参阅拙著《中国社会政治史》。

③ 清光绪年间慈禧太后之乱政，众所周知。

（兴儿）又说："提起来，我们奶奶（凤姐）的事，告诉不得奶奶（尤二姐）。他心里歹毒，口里尖快。……如今合家大小，除了老太太、太太两个，没有不恨他的……只一味哄着老太太、太太两个人喜欢。他说一是一，说二是二，没人敢拦他。……或有好事，他就不等别人去说，他先抓尖儿。或有不好的事，或他自己错了，他就一缩头，推到别人身上去，他还在旁边拨火儿。……"尤二姐笑道："……我还要找了你奶奶去呢。"兴儿连忙摇手，说："奶奶千万别去！我告诉奶奶，一辈子不见他才好呢！嘴甜心苦，两面三刀；上头笑着，脚底下就使绊子；明是一盆火，暗是一把刀；他都占全了。……"二姐笑道："我只以理待他，他敢怎么着我？"兴儿道："人家是醋罐子，他是醋缸、醋瓮！凡丫头们跟前，二爷多看一眼，他有本事当着爷打个烂羊头似的！"（第六十五回）

案凤姐的性格，不但今日，就在古代，不但妇女，就是男人，都可令人憎恶。她若是男人，出去做官，也许可以爬上很高地位，但必是一位奸臣。余据《红楼梦》所述，分析凤姐的性格，而归纳为下列三种：

一是奸猾。凤姐伺候贾母，极尽奉承之能事，而不露出逢迎的形迹，只能称其斑衣戏彩。不但当时在场的人，就是今日阅读《红楼梦》的人，也觉得凤姐可爱，难怪贾母受其蛊惑，听其自由处理家务。韩非说：“人主……好恶见，则下有因，而人主惑矣。”（《韩非子》第三十四篇《外储说右上》）凤姐知贾母喜热闹，更喜谑笑。刘老老二进荣国府之时，凤姐见贾母喜欢，“忙留”刘老老住两天（第三十九回），并与鸳鸯商量，拿她凑趣取笑，哄着贾母大大开心（第四十回）。韩非又说：“今人臣之所誉者，人主之所是也。人臣之所毁者，人主之所非也。此人臣之所以取信幸之道也。”（《韩非子》卷十四《奸劫弑主》）凤姐知贾母及王夫人讨厌赵姨娘，但对于赵姨娘所生一女一男，又爱探春而恶贾环。凤姐就说：“倒只剩了三姑娘（探春）一个，心里嘴里都也来得……太太又疼他；虽然脸上淡淡的，皆因是赵姨娘那老东西闹的，心里却是和宝玉一样呢。比不得环儿，实在令人难疼！要依我的性子，早撵出去了！”（第五十五回）

贾琏偷娶尤二姐，给凤姐知道了，一方赚她入住大观园，和颜悦色，满嘴里“好妹妹”不离口，又说：“倘有下人不到之处，你降不住他们，只管告诉我，我打他们。”同时又唆使丫头善姐不要听她使唤，没了头油，不拿；肚子饿了，“连饭也懒端来给他吃了，或早一顿，晚一顿，所拿来的东西，皆是剩的”；凤姐又到宁国府大闹，“嚎天动地，大放悲声”，弄到尤氏、贾蓉不知如何对付（第六十八回）。此种行动岂是大家姑娘能够做出，确实是个“泼辣货”（第三回）。

二是狠毒。有一次王夫人问起月钱，凤姐一一含笑答复，转身出来，冷笑道：“我从今以后，倒要干几件刻薄事了。抱怨给太太听，我也不怕！胡涂油蒙了心，烂了舌头，不得好死的下作娼妇们，别做娘的春梦了！明儿一裹脑子扣的日子还有呢。如今裁了丫头的钱，就抱怨了咱们。也不想想，自已也配使三个丫头？”（第三十六回）此种口吻哪像“大家子的姑娘出身”（第七十四回）？“我从今以后，倒要干几件刻薄事了”，岂但刻薄，而且狠毒。她既诳骗尤二姐入居大观园，同时又悄悄命其心腹旺儿买收尤二姐的未婚夫张华，往衙门告状，告贾琏“仗财依势，强逼退亲，停妻再娶”（第六十八回）。此时贾琏奉父命，往平安州办事。害得贾珍、贾蓉利诱威迫，打发张华回其原籍。凤姐想到张华“倘或再将此事告诉别人，岂不是自己害了自己”，因此，“复又想了一个主意出来，悄命旺儿遣人寻着了他，或讹他做贼，和他打官司，将他治死，或暗使人算计，务将张华治死，方剪草除根，保住自己的名声”。幸得旺儿想到“人已走了完事，何必如此大做”，乃告诉凤姐，张华“已被截路打闷棍的打死了”（第六十九回）。凤姐又进一步，欲置尤二姐于死地，唆使丫头虐待尤二姐，刚好此时贾琏已由平安州回来，贾赦见他办事中用，便将房中丫鬟秋桐赏给贾琏为妾，“凤姐虽恨秋桐，且喜借他先可发脱二姐，用‘借刀杀人’之法，‘坐山观虎斗’，等秋桐杀了尤二姐，自己再杀秋桐”。主意已定，便挑拨秋桐冷言冷语，使尤二姐难堪。尤二姐既受善姐的欺侮，又听秋桐的冷语，“如何经得这般折磨”，便吞金自杀（第六十九回）。

三是贪财。前已说过：在大家庭之内，财产虽然公有，但各人均欲牺牲公产，富其一房。贾府在林黛玉未入荣国府以前，据冷子兴说：“如今生齿日繁，事务日盛，主仆上下都是安富尊荣，运筹谋划者竟无一个。其日用排场又不能将就省俭。如今外面的架子虽未甚倒，内囊却也尽上来了。”（第二回）凤姐既管荣府家务，当然知道外强中干，她为自己一房打算，便营私舞弊。凡管理家务的，均有用人的权，而有用人之权者又容易收受贿赂。明世宗时，严嵩用事，官以货取，“吏兵二部尤大利所在”（《明史纪事本末》卷五十四“严嵩用事”条，嘉靖三十二年杨继盛疏），盖文选归吏部，武选归兵部之故。前已说过，贾芸要谋差事，须送冰片、麝香给凤姐（第二十四回）。凤姐卖缺，做得极其高明。王夫人房中，因金钏之死，须补一位大丫头，月钱每月银子一两。一两银子在当时是很优厚的，许多仆人常来孝敬凤姐东西。凤姐心想他们“送什么，我就收什么，横竖我有主意。凤姐儿安下这个心，所以只管耽延着，等那些人把东西送足了，然后乘空方回王夫人”（第三十六回）。大凡擅权的人，总喜欢赏罚由己，即如沈炼之劾严嵩，“朝廷赏一人，曰由我赏之；罚一人，曰由我罚之，人皆伺严氏之爱恶，而不知朝廷之恩威”（《明史》卷二百九《沈炼传》）。凤姐用人，亦喜欢恩由己出。贾琏乳母赵嬷嬷为她两位儿子谋事，累向贾琏进说，皆不成功，结果亦只有要求凤姐。《红楼梦》叙述如次：

> 赵嬷嬷道：“我这会子跑了来……倒有一件正经事，奶奶好歹记在心里，疼顾我些罢！我们这爷（贾琏）只是嘴里说的好，到了跟前就忘了我们。……我也老了，有的是那两个儿子，你就另眼照看他们些……我还再三地求了你（贾琏）几遍，你答应的倒好，如今还是落空。……所以倒是来和奶奶说是正经。靠着我们爷，只怕我还饿死了呢！”凤姐笑道：“妈妈，你的两个奶哥哥都

交给我。”（第十六回）

刚好此时贾蔷奉贾珍之命，下姑苏办事，和贾蓉同向贾琏报告，贾蓉知道权在凤姐，必须通过凤姐这一关，便悄拉凤姐的衣襟。凤姐会意，因笑道：“难道大爷比咱们还不会用人？”于是贾琏同意了。贾蓉悄悄地笑向凤姐说：“婶娘东西吩咐了要什么，开个账儿给我兄弟（贾蔷），带去按账置办了来。”凤姐笑道：“我的东西还没处撂呢！稀罕你们鬼鬼祟祟的！”凤姐果然这样廉洁么？不，绝不，她忙向贾蔷道：“我有两个在行妥当人，你就带他们去。办这个便宜了你呢？”贾蔷忙赔笑道：“正要和婶娘讨两个人呢，这可巧了。”（第十六回）由这一事，可知凤姐用人，必须恩由己出，而凤姐不要贾蔷赠送东西，原来是要荐人。

凤姐因为贪财，就做出两件败家之事，第一桩是重利盘剥。在吾国古代，重利盘剥是犯刑律的，官家处刑尤重。凤姐放利散见于《红楼梦》之上的，共有几次，我无暇细细地看，现在只举三则如次：

凤姐儿方坐下，因问：“家中没有什么事么？”平儿说道：“没有什么事，就是那三百两银子的利银，旺儿媳

妇送进来，我收了。”（第十一回）

凤姐因问平儿：“方才姨妈有什么事，巴巴儿的打发香菱来？”平儿道：“哪里来的香菱？是我借他暂撒个谎儿。奶奶你说，旺儿嫂子越发连个算计儿也没了。”说着，又走至凤姐身边，悄悄说道：“奶奶的那项利银，迟不送来，早不送来，这会子二爷在家，他偏送这个来了。幸亏我在堂屋里碰见了；不然，他走了来回奶奶，叫二爷少不得要知道，我们二爷……知道奶奶有了体己，他还不大着胆子花么？所以我赶着接过来，叫我说了他两句。谁知奶奶偏听见了。我故此当着二爷面前只说香菱来了呢？”（第十六回）

凤姐忙道：“旺儿家的……说给你男人：外头所有的账目，一概赶今年年底都收进来，少一个钱也不依。我的名声不好，再放一年，都要生吃了我呢！……我真个还等钱做什么？不过为的是日用，出的多，进的少。……若不是我千凑万挪的，早不知过到什么破窑里去了！如今倒落了一个放账的名儿。既这样，我就收了回来。”（第七十二回）

其尤弊的，凤姐除自己体己钱外，又将家里上上下下的月钱扣住缓发，放给别人取利。请看下文所举的例：

袭人又叫住，问道："这个月的月钱，连老太太、太太屋里还没放，是为什么？"平儿见问，忙转身至袭人跟前；又见无人，悄悄说道："你快别问！横竖再迟两天就放了。"袭人笑道："这是为什么？唬的你这个样儿。"平儿悄声告诉他道："这个月的月钱，我们奶奶早已支了，放给人使呢。等别处利钱收了来，凑齐了才放呢。因为是你，我才告诉你，可不许告诉一个人去！"袭人笑道："他难道还短钱使？还没个足厌？何苦还操这心？"平儿笑道："何曾不是呢！他这几年，只拿着这一项银子翻出有几百来了。他的公费月例又使不着，十两八两，零碎攒了，又放出去；单他这体己利钱，一年不到上千的银子呢！"袭人笑道："拿着我们的钱，你们主子奴才赚利钱，哄的我们呆等着！"（第三十九回）

难怪李纨对凤姐道："专会打细算盘，分金掰两的！……亏了还托生在诗书仕宦人家做小姐，又是这么出了嫁，还是这么着；要生在贫寒小门小户人家，做了小子丫头，还不知怎么下作呢！天下人都叫你算计了去！”（第四十五回）李纨并不知凤姐放债取息之事，她之所言不过开玩笑而已。

第二桩是包揽词讼。凤姐为王家之女，贾家之媳，贾家的富贵，本书已有说明。王家呢？凤姐系王子腾之侄女。王子腾初见于《红楼梦》之上，时为京营节度使，不久即升了九省统制（第四回），又升了九省都检点（第五十三回），最后又升了内阁大学士（第九十五回）。虽然未及到任，死在半路（第九十六回），而当凤姐管理荣府家务之时，王家炙手可热，可想而知。家世显赫，以凤姐之性格，若有机会，必将利用之以营私舞弊。刚好凤姐因秦可卿之丧，在馒头庵下榻，老尼静虚便托凤姐做出包揽词讼之事。

> 老尼趁机说道：“我有一事，要到府里求太太，先请奶奶一个示下。”凤姐问道：“何事？”老尼道：“我先在长安县善才庵内出家的时节，那时，有个施主姓张，是大财主。他有个女儿小名金哥，那年都往我庙里来进香，不想遇见了长安府太爷的小舅子李衙内。那李衙内一心看上要娶金哥，打发人来求亲。不想金哥已受了原任长安守备的公子的聘定……谁知李公子执意要娶他女儿。张家正无计

策，两处为难。不料守备家……偏不许退定礼，就打官司告状起来。女家急了……赌气偏要退定礼。我想如今长安节度云老爷与府上相好，可以求太太与老爷说声，发一封书，求云老爷和那守备说一声，不怕他不依。若是肯行，张家那怕倾家孝顺，也是情愿的。”凤姐听了，笑道：“这事倒不大，只是太太再不管这样的事。”老尼道：“太太不管，奶奶可以主张了。”凤姐笑道：“我也不等银子使，也不做这样的事。”静虚听了，打去妄想，半晌，叹道：“虽如此说，只是张家已经知道我来求府里。如今不管这事……倒像府里连这点子手段也没有似的。”

凤姐听了这话，便发了兴头，说道：“你是素日知道我的，从来不信什么阴司地狱报应的。……你叫他拿三千两银子来，我就替他出这口气。”老尼听说，喜之不胜，忙说：“有！有！这个不难。”凤姐又道：“……这三千两银子，不过是给打发去说的小厮们作盘缠，使他赚几个辛苦钱，我一个钱也不要，便是三万两，我此刻还拿的出来。”……凤姐便命悄悄将昨日老尼之事说与来旺儿。旺儿心中俱已明白，急忙进城……假托贾琏所嘱，修书一封，连夜往长安县来。……那节度使名唤云光，久悬

贾府之情，这些小事，岂有不允之理？（第十五回）

那凤姐却已得了云光的回信，俱已妥协。老尼达知张家，果然那守备忍气吞声，受了前聘之物。……知义多情的女儿，闻得退了前夫，另许李门，他便一条汗巾，悄悄地寻了个自尽。那守备之子，谁知也是个情种，闻知金哥自缢，遂投河而死。……这里凤姐却安享了三千两。……自此，凤姐胆识愈壮，以后所作所为，诸如此类，不可胜数。（第十六回）

凤姐深居荣府之内，放债取利，包揽词讼须有心腹的男人代其奔走。这个奔走的人就是来旺。来旺既是凤姐的心腹，又知凤姐之作弊，于是他在凤姐之前，就取得了一种胁制的力量。他的儿子"酗酒赌博，而且容颜丑陋"，要娶王夫人房中丫头彩霞为妻。彩霞固不愿意，贾琏亦说："听见他这小子大不成人。"凤姐笑道："我们王家的人，连我还不中你们的意，何况奴才呢。"有了凤姐这话，贾琏屈服了，而来旺儿子的婚事也成功了（第七十二回），所以贾芸才说："如今的奴才比主子强多着呢！"（第一百四回）

凤姐的敢作敢为，荣府上头皆不知之。但凤姐并不放心，风吹草动，即恐东窗事发。

平儿走来笑道："水月庵的师父打发人来……我问那道婆来着：'师父怎么不受用？'他说："四五天了。那一夜……他回到炕上，只见有两个人，一男一女，坐在炕上。他赶着问是谁，那里把一根绳子往他脖子上一套，他便叫起人来。众人听见，点上灯火，一齐赶来，已经躺在地下，满口吐白沫子。幸亏救醒了。此时还不能吃东西，所以叫来寻些小菜儿的。……"凤姐听了，呆了一呆，说道："南菜不是还有呢，叫人送些去就是了。"（第八十八回）

凤姐正自起来纳闷，忽听见小丫头这话（谓外头有人回要紧的官事，王夫人快请贾琏过去），又唬了一跳，连忙又问："什么官事？"……凤姐听了工部里的事，才把心略略地放下。（第八十九回）

（凤姐）正是惦记铁槛寺的事情。听说外头贴了匿名揭帖（攻击贾芹之窝娼聚赌）的一句话，吓了一跳，忙问："贴的是什么？"平儿随口答应，不留神，就错说了，道：“没要紧，是馒头庵里的事情。”凤姐本是心虚，听见馒头庵的事情，这一唬直唬怔了，一句话没说出来……哇的一声，吐出一口血来。平儿慌了，说道：“水月庵里，不过是女沙弥、女道士的事，奶奶着什么急？”凤姐听是水月庵，才定了定神……凤姐道：“我就知道是水月庵。那馒头庵与我什么相干？……大约刻扣了月钱。”（第九十三回。此处原文有误，盖馒头庵就是水月庵，见第十五回）

凤姐道：“我还恍惚听见珍大爷的事，说是强占良民妻子为妾，不从逼死，有个姓张的在里头，你（平儿）想想还有谁呢？”（第一百六回）

凤姐的事虽瞒得过荣府上头，却瞒不过贾家贫穷子侄，贾芸想起“那年倪二借钱，买了香料送与他，才派我种树……拿着太爷留下的公中银钱在外放加一钱，我们穷当家儿，要借一两也不能。他打量保得住一辈子不穷的了！那里知道外头的名声儿很不好，我不说罢了；若说起来，人命官司不知有多少呢！”（第一百四回）

凤姐固有才干，但她能够发挥才干，须有两个条件，一是用她的人能够予以信任，二是用她的人许其自由用钱，二者缺一，凤姐只是庸懦之人。她在宁国府办理秦可卿的丧事，就是贾珍信任她，又叫她不要省钱。他对凤姐说："妹妹爱怎么样办就怎么样办。要什么，只管拿这对牌取去，也不必问我。只求别存心替我省钱，要好看为上。"（第十三回）果然凤姐办得井井有条，其分配工作于用人，各有专司，偷懒的罚，勤勉的赏，赏罚分明，于是宁府用人，"不似先时只拣便宜的做，剩下苦差，没个招揽。各房中也不能趁乱迷失东西。便是人来客往，也都安静了，不比先前紊乱无头绪，一切偷安窃取等弊，一概都蠲了"。凤姐虽然忙得"茶饭无心，坐卧不宁"，"只因素性好胜，惟恐落人褒贬，故费尽精神，筹画得十分整齐。于是，合族中上下无不称叹"（第十四回）。

到了办理贾母丧事，情形就不同了。抄家之后，景况大不如前。关于贾母丧事如何办理，乃有三种意见：一是鸳鸯以为老太太留下的银子，应该用在老太太身上，希望丧事能够体面，能够风光。二是邢夫人想到将来家计艰难，"巴不得留一点子作个收局"。三是贾政认为"老太太的丧事固要认真办理，但是知道的呢，说是老太太自己结果自己；不知道的，只说咱们都隐匿起来了，如今很宽裕"（第一百十回）。贾政毕竟是读书明理的人，孔子曾言："礼，与其奢也宁俭；丧，与其易也宁戚。”（《论语·八佾》）合礼与丧二者言之，就是子路所说：“吾闻诸夫子，丧礼与其哀不足而礼有余也，不若礼不足而哀有余也。”（《礼记注疏》卷七《檀弓上》）凤姐夹在三种意见之中，已经不易办事，何况贾母留下的钱又不在贾琏及凤姐手里（第一百十回）。此时荣府用人，“统共男仆只有二十一人，女仆只有十九人，余者俱是些丫头，连各房算上，也不过三十多人，难以派差”。据贾琏说，“这些奴才们，有钱的早溜了。按着册子叫去，有说告病的，说下庄子去了的。剩下几个走不动的，只有赚钱的能耐，还有赔钱的本事么”（第一百十回）。其所以如此零落，女仆众人皆谓：“我们听见外头男人抱怨说：这么件大事，咱们一点摸不着，净当苦差，叫人怎么能齐心呢？”（第一百十回）而“丫头们见邢夫人等不助着凤姐的威风，更加作践起他来”（第一百十回）。凤姐叹道：“东府里的事（秦可卿丧事），虽说托办的，太太虽在那里，不好意思说什么。如今是自己的事情，又是公中的，人人说得话。再者，外头的银钱也叫不灵：即如棚里要一件东西，传出去了，总不见拿进来，这叫我什么法儿呢？”（第一百十回）凤姐只得央求说道：“大娘婶子们可怜我罢！我上头捱了好些话，为的是你们不齐截，叫人笑话，明儿你们豁出些辛苦来罢！”（第一百十回）当日何等威风，现在竟向用人乞怜。李纨很同情凤姐，说道："这样的一件大事，不撒散几个钱就办的开了么？可怜凤丫头闹了几年，不想在老太太的事上，只怕保不住脸了！"（第一百十回）到了开吊出殡，更不成话。"虽说僧经道忏，吊祭供饭，络绎不绝，终是银钱吝啬，谁肯踊跃，不过草草了事。连日王妃诰命也来得不少。凤姐也不能上去照应，只好在底下张罗：叫了那个，走了这个；发一回急，央及一回；支吾过了一起，又打发一起。别说鸳鸯等看去不像样，连凤姐自己心里也过不去了"（第一百十回）。凤姐本来有病在身，连日辛苦，已经支撑不住。而一个小丫头又跑来说："二奶奶在这里呢，怪不得大太太说：里头人多，照应不过来，二奶奶是躲着受用去了！"凤姐听了这话，"眼泪直流，只觉得眼前一黑，嗓子里一甜，便喷出鲜红的血来，身子站不住，就蹲倒在地"（第一百十回），从此以后，病入膏肓，遂于自怨自咎之下，魂归离恨天了。

七、贾家的姻戚

在不平等的社会，例如社会有富贵贫贱之别，上层阶级常与上层阶级互通婚姻。这不是女家贪男家的聘礼，或男家贪女家的嫁妆，而是他们要用婚姻方法，以保全自己家族血统的高贵。拿破仑出身寒微，登上法国帝位之后，必娶奥国哈布斯堡（Habsburg）皇室之女露易莎（Maria Louisa）为后。为的什么呢？奥国哈布斯堡一家自一二七三年即神圣罗马帝位以后，世代相传，其血统在欧洲各国皇族中最为高贵。

此种婚姻关系，吾国自魏晋以后亦曾有之。当时南朝士族以王谢两家为最贵，因为王家（王导、王敦）辅佐元帝建立南朝的政权。淝水之役，谢家（谢安、谢石、谢玄）战败北寇，维持南朝的政权。北朝以崔卢两家为最贵，因为在后魏太祖道武帝时代有清河崔玄伯，拓跋氏改国号曰魏，即从玄伯之议，而“制官爵、撰朝仪、协音乐、定律令、申科禁，玄伯总而裁之，以为永式”。太宗明元帝、世祖太武帝时代，崔玄伯之子浩亦秉朝政，凡“朝廷礼仪，优文策诏，军国书记，尽关于浩”。范阳卢玄则以儒雅著闻，首应旌命，子孙继迹，为世盛门（参阅拙著《中国社会政治史》）。他们为保全血统的高贵，常不与寒素之家通婚，吾人只观梁武帝对侯景说：“王谢门高非偶”（《南史》卷八十《侯景传》），再观“崔㥄一门婚姻皆是衣冠之美，娄太后为博陵王纳㥄妹为妃，敕中使曰：好作法用，勿使崔家笑人”（《北齐书》卷二十三《崔㥄传》），即可知当时风俗。

由隋至唐，南朝士族跟着南朝政权的颠覆，势力渐次式微（参阅拙著《中国社会政治史》）。至于北朝士族，则势力犹存，唐太宗虽曾加以压迫，但社会上的名望固非政治力一蹴就可打倒，所以朝廷虽然压迫，而当时名臣如“魏征、房玄龄、李绩等家皆盛与为婚，常左右之，由是旧望不减”（参阅拙著上揭书），到了唐末五代乱，衣冠旧族多离开乡里，籍谱罕存，而世系无所考，从此而后，士族势力才见消灭（参阅拙著上揭书）。

吾国古代常以“富贵”两字并举，其实富的未必就贵，而贵的往往必富。盖贵的可利用政治力以求富；富的唯于政治腐化之时才能用捐纳之法以取贵。但是富家子弟之受教育，原则上常比贫人容易，在科举时代，他们中第自比贫人为多。只唯落败的仕宦之家才不注意子弟教育，贾府就是其例。

当贾雨村为应天府之时，其门子将金陵四大望族的俗谚口碑告知雨村：

> 贾不假，白玉为堂金作马。
> 阿房宫，三百里，住不下金陵一个史。
> 东海缺少白玉床，龙王来请金陵王。
> 丰年好大雪，珍珠如土金如铁。（第四回）

贾即宁荣两府，宁国公贾演之子贾代化曾任京营节度使，代化之子贾敬曾中丙辰科进士（第十三回），荣国公贾源的儿孙于仕宦方面及科举方面，均不如宁府。《红楼梦》书中所谓“贾珍因他父亲一心想作神仙，把官倒让他袭了”，“如今代善早已去世，长子贾赦袭了官”（第二回），这个官均非职事官，亦非寄禄官，而只是勋爵。即祖宗建了功勋，因荫而食禄，据《红楼梦》所述林如海的家世云：“原来这林如海之祖曾袭过列侯，今到如海，业经五世。起初只袭三世，因当今隆恩盛德，额外加恩，至如海之父又袭了一代，至如海便从科第出身（如海是前科的探花），虽系世禄之家，却是书香之族。”（第二回）即原则上只得袭爵三世，若有特恩，可额外又袭一世或两世。宁荣两府自封爵以后，到了贾敬、贾赦已有三世，贾敬想做神仙，乃将爵位让给其子贾珍去袭。但贾府若能自爱而不至于抄家，也许可由特恩，再袭爵一二代。荣府自代善始，似未做过职事官，只唯贾政一人曾任主事（第二回），旋又升了工部员外郎（第二回、第三回）。皇上见他人品端方，虽非科第出身，特将他点了学差（第三十七回），在外数年，而后回京（第七十一回），不久，又升为工部郎中（第八十五回）。后值京察，工部将他保列一等，皇上即放了江西粮道（第九十六回）；被属员蒙蔽，重征粮米，着降三级，加恩，仍在工部员外上行走，并令即日回京（第一百二回），即荣府只唯贾政一人做过职事官，其余不过袭爵而已。

史家先代也有功勋，所以史鼎世袭了忠靖侯之爵（第十三回），后来又迁委了外省大员（第四十九回）。贾府抄家之时，史家全眷均在京城（第一百六回），史家结果如何，余未曾细查，读者如有发现，望举以相告。

王家如何出身，据凤姐对贾琏乳母赵嬷嬷说：“我们王府里也预备过（接驾）一次。那时我爷爷专管各国进贡朝贺的事，凡有外国人来，都是我们家养活。粤、闽、滇、浙所有的洋船货物都是我们家的。”（第十六回）即王家在凤姐祖父时代，似在理藩院内服务，又似兼漕运之事，官位虽然不高，但很容易致富。到了凤姐叔父王子腾，先为京营节度使，旋即升了九省统制，奉旨出都查边（第四回），又升为九省都检点（第五十三回），最后复升了内阁大学士，奉旨来京（第九十五回），“离京只二百多里处，在路上没了”（第九十六回）。

雪即薛，薛家是“皇商”，本是书香继世之家，“领着内帑钱粮，采办杂料”，“家中有百万之富”，故薛蟠之父能与王子腾之妹结婚（第四回）。

此四家均有姻戚关系，史家的小姐即史鼎的姑姑嫁给贾代善，贾政的夫人系王子腾的姊妹，凤姐亦系王子腾的侄女，要之，贾王两家的姻戚关系最为密切。薛蟠之母与贾政的夫人是一母所生的姊妹（第四回），所以贾薛二家亦有姻戚关系。就贾母说，史家最亲，就王夫人及凤姐说，王家最亲，薛家次之。

吾所奇怪的，凤姐虽与贾赦之子贾琏结婚，而贾赦本人之妻邢夫人，其家世如何，《红楼梦》未加说明。贾代善能为次子贾政娶王家之女以为妇，则长子贾赦所娶之邢夫人亦宜出身于大家。《红楼梦》曾述“邢夫人兄嫂家中原艰难，这一上京，原仗的是邢夫人与他们治房舍，帮盘缠”（第四十九回）。但据邢夫人胞弟邢德全，绰号傻大舅的，告诉贾珍说:“老贤甥，你不知我们邢家的底里。我们老太太去世时，我还小呢，世事不知。他姐妹三个人，只有你令伯母居长。他出阁时，把家私都带过来了。……我就是来要几个钱，也并不是要贾府里的家私。我邢家的家私也就够我花了。”（第七十五回）如果这话属实，则贾府之娶邢夫人，未必不是贪其嫁妆。

在这四族之中，首先家道中落的是薛家。薛蟠“幼年丧父，寡母又怜他是个独根孤种，未免溺爱纵容些，遂致老大无成”（第四回）。宝钗对王夫人说：“姨娘深知我家的，难道我家当日也是这样零落不成？”（第七十八回）其所以零落，实因薛蟠幼失教育，“性情奢侈，言语傲慢。……终日唯有斗鸡走马，游山玩景而已。……自薛蟠父亲死后，各省中所有的买卖承局总管伙计人等，见薛蟠年轻，不谙世事，便趁时拐骗起来，京都几次生意渐亦销耗”（第四回），且也，薛蟠依其豪富，仗着亲戚的显贵，往往无理取闹，而至于杀人。最初是因为争夺香菱而打死冯渊，“他便如没事人一般，只管带了家眷走他的路。……这人命些些小事，自有他弟兄奴仆在此料理”，果然官府“徇情枉法，胡乱判断了此案，冯家得了许多烧埋银子，也就无甚话说了”（第四回）。薛蟠既到京城，迁入贾府，又结交许多不肖的豪门子弟，每日花天酒地，狂嫖滥赌，他是“头一个惯喜送钱与人的”（第七十五回），房屋一幢幢地卖去，当铺一间间地典出，薛家渐次穷了。最后又因蒋玉函之故，打死酒店里伙计，不知花了多少银子，才把故杀改为误杀（第八十六回）；又不知花了多少银子，刑部才准其赎罪，将薛蟠放出（第一百二十回）。当年“珍珠如土金如铁”，现在只有靠着剩下来的些许遗产维持生活了。

其次家道中落的是贾府，在中落以前就有不祥的预兆，这个预兆先发生于宁府。宁府于某年八月中秋前一夜，“大家正添衣喝茶换盏更酌之际，忽听那边墙下有人长叹之声。大家明明听见，都毛发竦然。……只听得一阵风声，竟过墙去了。恍惚闻得祠堂内扇开阖之声，只觉得阴气森森，比先更觉凄惨起来。看那月色时，也淡淡的，不似先前明朗，众人郝觉毛发倒竖”（第七十五回）。荣国府在贾政为江西粮道，将次被参以前，大观园内竟然出鬼，先则凤姐遇到秦可卿的鬼魂（第一百一回），次则尤氏“往西府去，回来是穿着园子里走过来家的。一到了家，就身上发烧”，“由是，一人传十，十人传百，都说大观园中有了妖怪”，“贾赦没法，只得请道士到园作法，驱邪逐妖”（第一百二回）。吾举此段记事，不是主张鬼怪出现，而后家道中落。贾府家道之中落由来已久，“生齿日繁，事务日盛”，而“日用排场又不能将就省俭”（第二回），试问贾府安得不穷？然而上自贾母，下至宝玉，竟然无人知道贫穷之将至。抄家之后，贾政才知道家里景况。贾母问贾政道：“如今东府里是抄了去了，房子入官不用说，你大哥那边，琏儿那里，也都抄了。咱们西府里的银库和东省地土，你知道还剩了多少？”贾政听见贾母一问，便回道：“昨日儿子已查了：旧库的银子早已虚空，不但用尽，外头还有亏空。……东省的地亩，早已寅年吃了卯年的租儿了。”（第一百七回）固然皇上降旨，将荣国公世职着贾政承袭，“但是家计萧条，入不敷出”，“家人们见贾政忠厚，凤姐抱病不能理家，贾琏的亏空一日重似一日，难免典房卖地。府内家人几个有钱的，怕贾琏缠扰，都装穷躲事，甚至告假不来，各自另寻门路”（第一百七回）。过去贾珍对于皇上所赐的“春祭的恩赏”，还说：“咱们家虽不等这几两银子使……那些世袭穷官儿家，要不仗着这银子，拿什么上供过年？”（第五十三回）曾几何时，恐怕贾府“上供过年”，也要“仗着这银子”了。

又次家道中落的是王家。自王子腾由京营节度使升为九省统制，奉旨出都查边（第四回）之后，其本人已经离京，所以秦可卿之丧，不见王子腾来祭（第十四回）。中间曾召回京城，当宝玉及凤姐受到马道婆的魔法而发狂之时，王子腾夫人适在荣府，翌日王子腾也来问候（第二十五回）。贾母把孔雀裘给与宝玉，宝玉就披了这件皮衣，赴王子腾家拜寿（第五十二回），可知此时王子腾尚在京城。及至升为九省都检点，才又离京（第五十三回），但其弟侄甚似始终均留在金陵，所以才有凤姐之兄王仁进京，途遇邢夫人的嫂子及其女儿岫烟，李纨的寡婶及其两女李纹、李绮，又遇上了薛蟠从弟薛蝌之事（第四十九回）。王家虽未封爵，而传到王子腾之时，官位实比三家高些。但是王家子孙只有子腾一人还算正派，其他诸人据宝钗说："王家没了什么正经人了。"（第一百十四回）即如凤姐所说："二叔（王子腾之弟王子胜）为人是最啬刻的，比不得大舅太爷（王子腾）。"贾琏更看不起王仁，他对凤姐说道："你哥哥一到京，接着舅太爷的首尾就开了一个吊。……弄了好几千银子。后来二舅嗔着他，说他不该一网打尽。他吃不住了，变了个法儿，指着你们二叔的生日撒了个网，想着再弄几个钱，好打点二舅太爷不生气。……如今御史参了一本，说是大舅太爷的亏空，本员已故，应着落其弟王子胜侄儿王仁赔补。"（第一百一回）贾母也对史湘云说："真真是六亲同运……二太太的娘家大舅太爷一死，凤丫头的哥哥也不成人；那二舅太爷是个小气的，又是官项不清（大约是指为其兄王子腾赔补亏空），也是打饥荒。”（第一百八回）由此可知王家落败，还是由于儿孙不肖。

最后当述史家，史家即贾母的娘家，余读《红楼梦》一书，似贾母与其娘家不甚亲密。案忠靖侯史鼎是住在京师，所以秦可卿之丧，他曾来作吊，到了后来，“迁委了外省大员，不日要带家眷去上任。贾母因舍不得湘云，便留下他了，接到家中”（第四十九回），史鼎大约在外数年，又召回京，贾府抄家之时，史家只派两个女人来慰问，那两个女人说：“我们家的老爷、太太、姑娘打发我来说……这里二老爷是不怕的了。我们姑娘本要自己来的，因不多几日就要出阁，所以不能来了。”（第一百六回）老爷是指史鼎，太太是指史鼎夫人，姑娘是指史湘云。湘云之不来，情理上还可原谅，史鼎及其夫人不亲来慰问贾母，似说不过去。但吾人观那两个女人说：“这里二老爷是不怕的了。”大约史鼎已经得到消息，知贾政将承袭荣国公世袭，果然不久圣旨就下来了。吾作此言，盖欲证明贾母与其娘家不大亲密。据《红楼梦》所述，史鼎夫人似是一位刻薄寡恩的人，观其待遇湘云，即可知之。宝钗对袭人说：“我近来看着云姑娘的神情……在家里一点儿做不得主。他们家嫌费用大，竟不用那些针线上的人……上次他告诉我说：在家里做活做到三更天；要是替别人做一点半点儿，那些奶奶太太们还不受用呢。”（第三十二回）海棠社创立之时．湘云要先作东，宝钗就说：“你一个月统共那几吊钱，你还不够使；这会子又干这没要紧的事，你婶娘听见了，越发抱怨你了。”（第三十七回）宝钗所指的“你婶娘”即史鼎夫人。贾母告诉史家的两个女人说：“我前儿还想起我娘家的人来，最疼的就是你们姑娘，一年三百六十天，在我跟前的日子倒有二百多天。混的这么大了，我原想给他说个好女婿，又为他叔叔不在家，我又不便做主。他既有造化配了个好姑爷，我也放心。”（第一百六回）话说到别处去了，要之，在四族之中，只唯史家还在做官，家道并未中落。

八、宝玉与其三位表姊妹

十二金钗之中，宝玉的表姊妹共有三位，依年龄大小的顺序举之，一是薛宝钗，二是林黛玉，三是史湘云。此三人与宝玉均有结婚的可能。在昔，婚姻是依父母之命，媒妁之言的。然薛、林、史三人均与宝玉有亲戚关系，而又朝夕相见，则媒妁之言，固无必要，而父母之命却能决定宝玉的亲事。

荣府之中，贾母地位最高，她的意见最有权威。但王夫人是宝玉之母，凤姐极受贾母的宠爱和信任，所以凤姐的意见常可影响于贾母。总之，宝玉的亲事乃决定于贾母、王夫人及凤姐三人。

今舍宝玉的心意而不谈，先谈荣府三代主妇与三位小姐的亲疏关系。由贾母观之，黛玉最亲，湘云次之，宝钗最疏。由王夫人观之，宝钗最亲，黛玉次之，湘云最疏。由凤姐观之，凤姐乃王夫人的内侄女，她与三位小姐的关系完全和王夫人相同，宝钗最亲，黛玉次之，湘云最疏。故以亲属关系的亲疏为标准，湘云的地位比不过林、薛二位小姐，自始就不在选择之中。所以剩下的，只有林黛玉与薛宝钗。

由宝玉的立场说，就父亲贾政方面言，姑表黛玉最亲，就母亲王夫人方面言，姨表宝钗最亲。在过去，姑表比姨表亲些。由今日血统关系言之，姑表与姨表，其亲相同，故凡以血统远近为标准，而谓血统太近，不宜结婚，则宝钗与黛玉的机会相差无几。

现在试来一看宝玉对林、薛两人的感情如何？凡读过《红楼梦》的人自会知道宝玉心中所欲追求的，乃是黛玉。据宝玉对黛玉说：

> 当初姑娘来了，那不是我陪着玩笑？……一个桌子上吃饭，一个床儿上睡觉。丫头们想不到的，我怕姑娘生气，我替丫头们都想到了。我心里想着：姐妹们从小儿长大，亲也罢，热也罢，和气到了儿，才见得比别人好。如今谁承望姑娘人大心大，不把我放在眼里，倒把外四路儿的什么宝姐姐凤姐姐的放在心坎儿上。三日不理，四日不见的，我又没个亲兄弟，亲妹妹，虽然有两个，你难

道不知道是我隔母的？我也和你是独出，只怕你和我的心一样；谁知我是白操了这一番心，有冤无处诉！（第二十八回）

我心里的事也难对你说，日后自然明白。除了老太太、老爷、太太这三个人，第四个就是妹妹了。要有第五个人，我也起过誓。（第二十八回）

宝玉误认袭人为黛玉，对她又说出心里的话。这几句话对于袭人有很大的冲击；又依袭人爱憎黛玉的心理，对于黛玉可发生很大的影响。

好妹妹！我的这个心，从来也不敢说；今日胆大说出来，就是死了也是甘心的！我为你，也弄了一身的病，又不敢告诉人，只好捱着！等你的病好了，只怕我的病才得好呢。睡里梦里也忘不了你！（第三十二回）

到了紫鹃要试探宝玉是真情或是假意，故意骗他明年黛玉要回苏州去，害得宝玉大发癫狂。薛姨妈说："宝玉本来心实，可巧林姑娘又是从小儿来的，他姐妹两个一处长得这么大，比别的姐妹更不同。”（第五十七回）宝玉心中只有黛玉一人，经此番事件发生之后，贾母应该知道。一是自己的孙子，一是自己的外孙女，岂能毫不关心。但是吾国古代结婚，是以传宗接代为第一目的，个人只是宗族谱牒的一阶段。个人与谁结婚，不依个人的意思，而以全家幸福为标准。因之，我们要知道钗、黛二人之中，谁与宝玉结婚的希望最大，一须比较两人的体格，观谁能生育健康的婴儿；二须比较两人的性情，观谁能与家人和平共处。

就体格说，两人均是千金小姐，养尊处优，但宝钗身体实比黛玉强些，黛玉自幼多病，黛玉亦不之讳。

> 众人见黛玉……身体面貌虽弱不胜衣，却有一段风流态度，便知他有不足之症。因问：“常服何药？为何不治好了？”黛玉道：“我自来如此，从会吃饭时便吃药到如今了。经过多少名医，总未见效。那一年，我才三岁，记得来了一个癞头和尚，说要化我去出家，我父母自是不从。他又说：‘既舍不得他，只怕他的病一生也不能好的！若要好时，除非从此以后总不许见哭声，除父母之外，凡有外亲一概不见，方可平安了此一生。’这和尚疯疯癫癫说了这些不经之谈，也没人理他。如今还是吃人参

养荣丸。”（第三回）

反之，宝钗“生得肌骨莹润，举止娴雅”（第四回），“宝钗原生的肌肤丰泽……脸若银盆，眼同水杏，唇不点而含丹，眉不画而横翠，比黛玉另具一种妩媚风流”（第二十八回），由体格看，宝钗比之黛玉，健康而又有福相。在这一回合，宝钗已打了胜仗。

就性情说，“宝钗行为豁达，随分从时，不比黛玉孤高自许，目无下尘，故深得下人之心。便是那些小丫头们，亦多与宝钗亲近”（第五回）。而且黛玉疑心太重，她看到史湘云挂了金麒麟，宝玉最近也得到一个金麒麟，“便恐（宝玉）借此生隙，同湘云也做出那些风流佳事来”（第三十二回）。惜春道：“我看他（黛玉）总有些瞧不破。”（第八十二回）贾母亦说：“我看那孩子（黛玉）太是个心细。”（第八十三回）连宝玉都说：“林妹妹是个多心的人。”（第二十二回）她终岁为造化小儿所苦，医生谓其“多疑多惧，不知者疑为性情乖诞，其实因肝阴亏损，心气衰耗”（第八十三回）。由我看来，黛玉是患肺病，且已到了第三期。黛玉因多病而影响到性情方面，又打了一次败仗。

薛、林二位小姐于体格方面，于性情方面，两相比较，宝钗当选，黛玉落第已成为定局。荣府的人多喜宝钗而恶黛玉。湘云劝宝玉应该常常会会那些为官作宦的，谈讲谈讲仕途经济的事，宝玉大觉逆耳，便道“姑娘请到别的屋里坐坐吧”。袭人连忙解释说道：

> 上回也是宝姑娘说过一回，他（宝玉）拿起脚来就走了。……幸而是宝姑娘，那要是林姑娘，不知又闹的怎么样，哭的怎么样呢。……宝姑娘真真是有涵养，心地宽大的。（第三十二回）

赵姨娘因见宝钗送了贾环些东西，心中甚是喜欢。想道：

> 怨不得别人都说那宝丫头好，会做人，很大方。如今看起来，果然不错！他哥哥能带了多少东西来？他挨门儿送到，并不遗漏一处，也不露出谁薄谁厚。连我们这样没时运的，他都想到了。要是那林丫头，他把我们娘儿们正眼也不瞧，那里还肯送我们东西？（第六十七回）

赵姨娘的想法固然无足轻重，而袭人的话却不能忽视。自从袭人劝王夫人叫宝玉搬出园外去住（第三十四回）之后，王夫人对于袭人极其信任。黛玉虽然多心，而说话又常随口而出，不加考虑。袭人怕宝玉“娶了一个利害的，自己便是尤二姐、香菱的后身。素来看着贾母、王夫人光景，及凤姐儿往往露出话来，自然是黛玉无疑了。那黛玉就是个多心人”。于是走到黛玉处，故意提起尤二姐的事。黛玉便说道：“但凡家庭之事，‘不是东风压了西风，就是西风压了东风’。”（第八十二回）此言一入袭人之耳，袭人的感想如何，读者当能理会。

先则下面人抑林而扬薛，这种舆论免不了传到上面的人。贾母老早就喜欢宝钗，而恶嘴上刻薄的人。凤姐能言善语，但她在贾母面前，只讲讲笑话，并不敢刻薄伤人。

贾母道：“凤儿嘴乖，怎么怨得人疼他？……不大说话的又有不大说话的可疼之处；嘴乖的也有一宗可嫌的，倒不如不说的好。……提起姐妹，不是我当着姨太太的面奉承，千真万真，从我们家里四个女孩儿算起，都不如宝丫头。”薛姨妈听了，忙笑道：“这话是老太太说偏了。”王夫人忙又笑道：“老太太时常背地里和我说宝丫头好，这倒不是假话。”（第三十五回）

贾母又说：

林丫头那孩子倒罢了，只是心重些，所以身子就不大很结实了。要赌灵性儿，也和宝丫头不差什么；要赌宽厚待人里头，却不济他宝姐姐有耽待，有尽让了。（第八十四回）

黛玉死后，贾母还说："我看宝丫头也不是多心的人，比不的我那外孙女儿的脾气，所以他不得长寿！"（第九十八回）贾母喜爱宝钗，而且明白说出黛玉的性情不如宝钗宽厚，宝玉与黛玉的亲事变成悲剧，是早就成为定案。

不但贾母，元春深居皇宫之中，对于宝钗与黛玉，似亦偏于宝钗。端午节元春赏赐许多物品给贾母等人，宝钗所得是和宝玉一样，各有四品；黛玉所得则和迎春姐妹相同，每人只有两品。竟令宝玉说道："怎么林姑娘的倒不同我的一样，倒是宝姐姐的同我一样？别是传错了罢？"（第二十八回）传错不会，由于此点，可见元春至少也由体格方面，认为宝玉娶宝钗为妇，最为适当。

最后，由贾母决定，选择宝钗为宝玉之妻，理由还是基于体格及性情。请听贾母及王夫人的话。

贾母皱了一皱眉，说道："林丫头的乖僻，虽也是他的好处，我的心里不把林丫头配他（宝玉），也是为这点子；况且林丫头这样虚弱，恐不是有寿的，只有宝丫头最妥。"王夫人道："不但老太太这么想，我们也是这么想。"（第九十回）

凤姐是绝顶聪明的人，她看到听到贾母之称许宝钗，对于黛玉嫌其性情乖诞，身体孱弱，故在贾母未与王夫人商量，而注意宝玉亲事之时，她便提出意见。

凤姐便问道："太太不是说宝兄弟的亲事？"邢夫人道："可不是么？"……凤姐笑道："现放着天配的姻缘，何用别处去找？"贾母笑问道："在哪里？"凤姐道："一个'宝玉'，一个'金锁'，老太太怎样忘了？"……贾母因道："可是我背晦了。"（第八十四回）

此话是说在贾母与王夫人商量以前。后来宝玉与宝钗结婚，均由凤姐计划。所以黛玉死后，贾母以半开玩笑的口吻对凤姐说：

“猴儿！你林妹妹恨你，将来你别独自一个儿到园里去，提防他拉着你不依。”（第九十九回）

九、假清高的妙玉

在十二金钗之中，我最喜欢的是史湘云，最讨嫌的是妙玉。湘云性豪爽，想什么，就说什么，心口如一；说什么，就做什么，言行一致。此种人很难见容于社会，唯其不见容于社会，所以世风日下，谠言谠论很难见容于人世，而令慕古之士深叹人心不古。湘云割腥啖膻，黛玉笑道："那里找这一群花子去？罢了！罢了！今日芦雪亭遭劫，生生被云丫头作践了。我为芦雪亭一大哭！"（第四十九回）黛玉这几句话，清高么？寒酸而已。湘云听了，冷笑道："你知道什么？'是真名士自风流！'你们都是假清高，最可厌的！"（同上）黛玉言语尖刻，但遇到湘云，毫无办法。

湘云骂黛玉假清高，哪知十二金钗之中，最最假清高的，莫如妙玉。妙玉与贾府非亲非戚，其入住大观园，是在元春省亲以前。她"本是苏州人氏，祖上也是读书仕宦之家，因自幼多病，买了许多替身，皆不中用，到底这姑娘入了空门，方才好了，所以带发修行。今年十八岁，取名妙玉。如今父母俱已亡故……文墨也极通，经典也极熟，模样又极好。……去年随了师父上来，现在西门外牟尼院住着。他师父于去冬圆寂了，未曾扶灵回去”（第十七回）。观妙玉的家世，并非不做尼姑不可，而其出家为尼，又非心甘意愿，乃因幼时多灾多病，不得不入空门。虽入空门，还是带发修行，青丝未断，何能看破红尘？其入荣府是由礼聘，即荣府下个请帖，而后她才肯入住大观园的栊翠庵。

妙玉自高身价，非下帖礼聘，不入公侯之门，此不过使人注意而已，使人敬重而已。以贾府的荣华富贵，又生下一位衔玉的公子，京里的人谁不晓得？妙玉由苏州来到京城，是否欲与宝玉一会，吾人不敢瞎猜。但宝玉是豪门公子，妙玉是佛门尼姑，两人自无相会的可能。要想相会，只有抬高自己的身价，以引起别人注意。这是历史上许多名流要跃上政治舞台，别开生面的终南捷径。东汉士大夫多矫饰其行以沽名钓誉，州郡推举，不应焉，公府辟举，不应焉，天子下诏礼请，不应焉。到底其为人也如何？处士纯盗虚声（参阅拙著《中国社会政治史》，尤其樊英之例）。

凡是膏腴世家大率反对三姑六婆。贾府不但不禁止三姑六婆上门，而宝玉且拜马道婆为寄名的干娘（第二十五回），这是吾人所大惑不解的。当然余是生于清末叶，清末叶之人视以为怪的，曹雪芹时代的人未必视之为怪，也是情理之常。但当干娘的马道婆一面收了贾母一天五斤的油钱，供奉“大光明普照菩萨”，永保宝玉康宁，再无邪祟之灾（第二十五回）；同时又接受了赵姨娘的贿赂，在家作法，害得宝玉发狂（第二十五回）。秦可卿之丧，凤姐下榻于水月庵（即馒头庵），其住持静虚竟然游说凤姐，凤姐得了三千两银子，而害死两条人命（第十五回、第十六回）。后来静虚看到这两个鬼魂前来讨命（第八十八回）；凤姐将死之时，亦看到这两个鬼魂前来作祟（第一百十三回）。再看包勇之言：“我说那三姑六婆是再要不得的！我们甄府里从来是一概不许上门的。不想这府里倒不讲究这个！”（第一百十二回）可知三姑六婆虽是不读书的人也是反对的。

贾府一家都很迷信，贾敬一心想作神仙（第二回），固不必说。当黛玉初进荣国府之时，贾赦因为连日身上不好，不欲见到甥女，彼此伤心（第三回），犹可说也。贾政斋戒去了，宝玉往庙里还愿去了（第三回），其迷信也如此之深。巧姐患了天花之疾，凤姐“一面打扫房屋，供奉痘疹娘娘……一面命平儿打点铺盖衣服与贾琏隔房”（第二十一回）。此种迷信习惯，据我记忆，乃流传到七十余年以前。元春曾打发太监，送了一百二十两银子叫在清虚观，初一到初三打三天平安醮，唱戏献供（第二十八回），皇宫之中也迷信了。清虚观的张道士乃是当日荣国公的替身；曾经先皇御口亲呼为太幻仙人。何谓替身？古者，凡人多病或久病不愈，谓宜出家为道士或为僧尼，但富贵之家那肯让其儿孙遁入空门，于是就买了一人，代其出家，这位代替的人叫作替身。荣国公自己既用替身之法，延长寿命，那么，他的子孙当然信仰佛道，妙玉能够受到荣府欢迎，是有原因的。兹将《红楼梦》所述之庙庵而与贾府有关系的列表如次：

水月庵　　初见于第七回。

铁槛寺　　初见于第十四回。

馒头庵（即水月庵）　　初见于第十五回。

牟尼院　　妙玉初寄足于此，见第十七回。

玉皇庙　　见第二十三回。

达摩院　　同上。

清虚观　　见第二十八回。

水仙庵　　见第四十三回。

栊翠庵　　在大观园内，妙玉住此，见第五十回。

元真观　　贾敬在此修炼，亦死于此，见第六十三回。

地藏庵　　见第七十八回。

天斋庙　　见第八十回。

散花寺　　见第一百一回。

（遗漏必多，栊翠庵必非首见于第五十回）

妙玉实在妙极，虽云“祖上也是读书仕宦之家”，“如今父母俱已亡故”（第十七回）。而带在身边的古董，单单茶杯无一不是国宝（第四十一回）。她拿出两只杯来，一只是晋代王凯的“𤫩斝”，妙玉斟了一斝，递与宝钗；另一只是“点犀盉”，妙玉斟了一盉与黛玉，又将自己常用的那只绿玉斗，斟与宝玉。刘老老吃过的茶杯，嫌它肮脏，宁可砸碎，而自己常用的茶杯却斟与臭男子的宝玉（第四十一回）。其对宝玉，谁谓无情？既吃之后，又复假惺惺地说道：“你这遭吃茶是托他两个的福，独你来了，我是不能给你吃的。”（第四十一回）此地无银三百两，多此一言，情更可疑。

宝玉确是妙玉知己，宝玉因为刘老老曾进入栊翠庵，走时，对妙玉说：“等我们出去了，我叫几个小幺儿来，河里打几桶水来洗地，如何？”妙玉笑道：“这更好了。只是你嘱咐他们，抬了水，只搁在山门外头墙根下，别进门来。”宝玉道："这是自然的。"（第四十一回）此种洁癖无乃太过造作。既嫌刘老老之不洁，何以又许宝玉进入庵内？照宝玉说，男子是泥造的，最是浊臭逼人（第二回），难道妙玉与宝玉有特别感情？

芦雪亭咏诗之时，李纨说："我才看见栊翠庵的红梅有趣，我要折一枝插在瓶里，可厌妙玉为人，我不理他。如今罚你（宝玉）取一枝来，插着玩儿。"继着，《红楼梦》又描写如次：

> 宝玉也乐为，答应着就要走。湘云、黛玉一起说道："外头冷得很，你且吃杯热酒再去。"……湘云笑道："你吃了我们这酒，要取不来，加倍罚你！"宝玉忙吃了一杯，冒雪而去。李纨命人好好跟着，黛玉忙拦说："不必，有了人，反不得了。"李纨点头道："是。"……只见宝玉笑欣欣擎了一枝红梅进来。……宝玉笑道："你们如今赏罢。也不知费了我多少精神呢！"（第五十回）

妙玉与宝玉的情愫，最先知道的是邢岫烟。宝玉生日，妙玉用粉红笺纸，上面写着："槛外人妙玉恭肃遥叩芳辰"。

宝玉看她下着“槛外人”三字，不知回帖上须用什么字样才相敌。想去问黛玉，途中遇到邢岫烟，便将拜帖取给岫烟看。笑道：“他原是世人意外之人，因取了我是个些微有知识的。方给我这帖子。我因不知回什么字样才好……求姐姐指教。”《红楼梦》继着又谓：

> 岫烟听了宝玉这话，且只管用眼上下细细打量了半日，方笑道：“怪道俗语说的，‘闻名不如见面’，又怪不得妙玉竟下这帖子给你，又怪不得上年竟给你那些梅花。既连他这样，少不得我告诉你原故。他常说：古人中，自汉、晋、五代、唐、宋以来，皆无好诗，只有两句好，说道：‘纵有千年铁门槛.终须一个土馒头’。所以他自称‘槛外之人’。又常赞文是庄子的好，故又或称为‘畸人’。他若帖子上是自称‘畸人’的，你就还他个‘世人’。畸人者，他自称是畸零之人；你谦自己乃世上扰扰之人，他便喜了。如今他自称槛外之人，是自谓蹈于铁槛之外了，故你如今只下‘槛内人’，便合了他的心了。”（第六十三回）

聪明哉岫烟，幽默哉岫烟，先则只管用眼上下打量了宝玉半日，次又说出不知何意的俗语“闻名不如见面”，再次又连说两次“怪不得”，“又怪不得”，妙玉对于宝玉的情愫已被岫烟看透了。

到了惜春与妙玉下棋，宝玉忽然轻轻地掀帘进去，一面与妙玉施礼，一面又笑问道：“妙公轻易不出禅关，今日何缘下凡一走？”《红楼梦》继续写着：

> 妙玉听了，忽然把脸一红，也不答言，低了头，自看那棋。宝玉自觉造次，连忙陪笑道：“倒是出家人比不得我们在家的俗人。头一件，心是静的。静则灵，灵则慧……”宝玉尚未说完，只见妙玉微微的把眼一抬，看了宝玉一眼，复又低下头去，那脸上的颜色渐渐的红晕起来。……妙玉归去……掩了庵门，坐了一回……吃了晚饭，点上香，拜了菩萨……跏趺坐下，断除妄想，趋向真如。坐到三更以后……忽听房上两个猫儿一递一声厮叫。那妙玉忽想起日间宝玉之言，不觉一阵心跳耳热……（第八十七回）

听了宝玉的话“今日何缘下凡一走”，忽然把脸一红，既又更见红晕起来。心有所思，必形之于脸色，妙玉凡心动了。晚间听到猫儿叫春，又想起日间宝玉之言，不觉心跳耳热。妙玉春心动了，终至走火入魔。年方少艾，凡心未断，那能出家为尼。所以惜春才说："妙玉虽然洁净，毕竟尘缘未断。"（第八十七回）

佛徒每日念经拜佛至少三次。我幼时，每年夏天均随父母往福州鼓山避暑，山有庙，庙内有一所大殿，该庙和尚有数百名之多，或云一千余名。每晚全体和尚必在大殿内作夜课，念经时，时而跪拜，时而起立，这不是运动其身体，而是劳苦其筋骨。经念完了，最后一出是我们小孩最爱看的，吾乡谓之"唱花"，实即小说中所谓"罗汉阵"。"罗汉阵"最多只用一百零八人，所以要分为若干组。和尚走动不已，其阵变化多端，或如莲花一开一阖，开则个个离开，阖又彼此密集。或如常山蛇，头动则尾应，尾动则头应。如斯"唱花"，至短约有半小时，才见停止。而钟声一鸣，和尚各回房里睡眠。"唱花"盖欲消耗和尚的体力，使和尚上床之后，不会胡思乱想。妙玉尘心未泯，又听到猫儿叫春，再忆起宝玉所说"下凡一走"之语，何能不因动心而生情，更因生情而动心，心既动了，自会走火入魔。前此作模作样，不过假惺惺而已。

十、由赵姨娘说到《红楼梦》中妾的地位

我看了《红楼梦》之后，总觉得过去法律虽不禁止人纳妾，而妾的地位却极低贱，甚至比未嫁的丫头及年老的用人还差一段。案妻妾之别乃开始于周代，周代以前似无嫡（妻）媵（妾）之别。晋张恽言："《尧典》以厘降二女为文，不殊嫡媵，传记以妃夫人称之，明不立正后也。"（《晋书》卷二十《礼志中》）既无嫡媵，其所生之子自无适庶之分。分别嫡媵、适庶，似由周始。齐桓公会诸侯于阳谷，曰"无以妾为妻"（《公羊传·僖公三年》），可知周时嫡媵之别甚见严格（参阅拙著《中国社会政治史》）。古代贵族无不多妻，今以春秋时诸侯之例言之，"诸侯娶一国，则二国往媵之，以侄娣从"。故"诸侯一聘九女"（同上《庄公十八年》）。所谓九女，即夫人一，媵二，此三者又各以侄一、娣一从，合计九人。"唯天子娶十二女"（《公羊传·成公十

年》何休《解诂》)。如是，诸子继嗣，不免引起争端，故又依其母为妻或为妾，而定嫡庶之别。《公羊传·隐公元年》载:“立适(嫡)以长不以贤，立子以贵不以长。”何休《解诂》:“适谓适夫人之子，尊无与敌，故以齿。子谓左右媵及侄娣之子，位有贵贱，又防其同时而生，故以贵也。礼，适夫人无子，立右媵；右媵无子，立左媵；左媵无子，立适侄娣；适侄娣无子，立右媵侄娣；右侄娣无子，立左媵侄娣。”实际制度是否如斯，吾人不可得知。吾人所应知道的:禹之立子乃以防酋长争夺帝位，周之立嫡长子，又以防诸子之争端。郑玄说:“周礼，嫡子死，立嫡孙为后。”(《礼记注疏》卷六《檀弓上三》)周代妻妾之别，其严也如是(参阅拙著《中国社会政治史》)。

在贾府之中，贾政是正派的人，他有一妻两妾，妻是王夫人，妾是周姨娘及赵姨娘，周姨娘无出，赵姨娘生一女探春，一子贾环。赵姨娘虽然生有儿女，然其地位，如前所说，比不上年轻的丫头及年老的用人。何以见呢？宝玉在荣府中，因有贾母溺爱，其位势无异皇子，然其对于老用人，不问男女，均甚尊敬。例如宝玉坐着白马，赴王子腾家拜寿之时，马过贾政的书房门口，宝玉要下马，周瑞道:“老爷不在书房里，天天锁着，爷可以不用下来罢了。”宝玉笑道：“虽锁着，也要下来的。”钱升、李贵都笑道：“爷说的是。就托懒不下来，倘若遇见赖大爷（赖大）林二爷（林之孝），虽不好说爷，也要劝两句，所有的不是，都派在我们身上，又说我们不教给爷礼了。”“正说话时，顶头见赖大进来，宝玉忙笼住马，意欲下来。赖大忙上来抱住腿，宝玉便在镫上站起来，笑着，携手说了几句话”（第五十二回）。赖大不过荣府老用人而已。他可以教导宝玉，宝玉见他，即欲下马。此即西汉之世，“丞相进见圣主，御坐为起，在舆为下”（《汉书》卷八十四《翟方进传》）的道理，此一例也。怡红院将开夜院之夕，“已是掌灯时分，听得院门前有一群人进来。大家隔窗悄视，果见林之孝家的和几个管事的女人走来，前头一人提着大灯笼。……林之孝家的又问：‘宝二爷睡下了没有？’众人都回：‘不知道。’袭人忙推宝玉。宝玉靸了鞋，便迎出来，笑道：‘我还没睡呢。妈妈进来歇歇。’又叫：‘袭人，倒茶来。’林之孝家的忙进来笑说：‘……如今天长夜短，该早些睡了，明日方起的早；不然，到了明日起迟了，人家笑话，不是个读书上学的公子，倒像那起挑脚汉了。’……宝玉忙笑道：‘妈妈说的是。我每日都睡的早……今日因吃了面，怕停食，所以多玩一回。’”（第六十三回）林之孝家的是老用人林之孝之妻，她可以劝导宝玉，宝玉对她亦极有礼貌，此又一例也。

此种体面，妾是没有的。赵姨娘为人邪慝，固然不值得人们尊敬，然既生了一女一子，似应给她留些面子。然她在荣府之中，竟然毫无地位，死时，只有贾环一人在侧。难怪周姨娘想到“做偏房的侧室下场头不过如此！况他还有儿子；我将来死的时候，还不知怎样呢”（第一百十三回）。

固然贾赦要娶鸳鸯为妾，邢夫人往说鸳鸯，曾有“过一年半载，生个一男半女，你就和我并肩了”之语（第四十六回）。此不过游说之辞，迎春是庶出，读者知道迎春生母姓什么，是生是死？贾母除宝玉外，她爱女孩似比男孩多些，她尤爱品貌美、会说话的女孩。八月初三是贾母八旬大庆，由七月二十八日做起，做到八月初五才止。八月初四是贾府合族长幼大小共凑家宴，贾瑞之母带了女儿喜鸾，贾琼之母也带了女儿四姐儿，还有几房的孙女儿，大小共有二十来个。贾母独见喜鸾、四姐儿生得又好，说话行事与众不同，心中欢喜，便叫她两个也坐在榻前（第七十一回）。所以迎春及探春虽是庶出，贾母均甚喜欢。黛玉初进荣国府，在贾母房内陪黛玉吃饭的，迎、探、惜三春俱在。至于王夫人、李纨、凤姐则于伺候贾母饭毕，才各回自己房中用饭（第三回）。余细阅《红楼梦》，贾政同王夫人吃饭，周、赵二位姨娘并未上桌，这大约由于贾府太过重视名分，以为妻妾不宜平等之故。一切宴会，不问节日的家宴或诞辰的寿宴，姨娘均不上席，此犹可以说家有喜庆，偏房应该回避。若就平时生活言之，姨娘月钱每人二两，丫头两人，月钱人各五百钱（第三十六回）。至于上头姑娘如迎春等，月钱多少，据探春说："咱们一月已有二两月银，丫头们又另有月钱。"（第五十六回）即姨娘的月钱乃与上头姑娘相同，而其所用丫头人数比之上头姑娘，少得不能相比。而凤姐还冷笑说："也不想想，自己也配使三个丫头？"（第三十六回，此语似是说给赵姨娘听）丫头的月钱又与宝玉所用小丫头相同，月仅五百钱（第三十六回），即比上头姑娘所用的大丫头，如探春的侍书少些，最多也不过相同。由姨娘所用的丫头人数及丫头月钱多寡，亦可推测姨娘的地位如何。

姨娘地位甚低，所以她所生儿女不免发生自卑感。贾环道："我拿什么比宝玉？你们怕他，都和他好，都欺负我不是太太养的！"说着，便哭（第二十回）。案贾府有一大批男女奴才，男的叫作小厮，女的叫作丫头。小厮配了丫头，他们生下的儿女还是奴才，这就是古人所谓"奴产子"（《史记》卷四十八《陈涉世家》）。姨娘若由"奴产子"出身，其兄弟还是奴才。姨娘生有子女，女之高贵如迎春、探春等已如前述，男则成为主子，姨娘对之没有管教之权。风姐听赵姨娘啐骂贾环，便说：“凭他怎么去（贾环去同宝钗、香菱、莺儿赶围棋作耍，因输钱而哭），还有老爷、太太管他呢……他现是主子，不好，横竖有教导他的人，与你什么相干？环兄弟，出来，跟我玩去。”（第二十回）因之，她的子女也只认嫡母为母，而与其生母的姨娘就疏远了。探春说过：“我只管认得老爷、太太两个人，别人我一概不管！……什么偏的，庶的，我也不知道。”（第二十七回）至于姨娘的兄弟，更不肯认之为姻戚。赵姨娘兄弟赵国基死时，凤姐因病不能理事，王夫人便“将家中琐碎之事，一应都暂令李纨协理。……命探春合同李纨裁处”（第五十五回）。探春依旧规矩，只给二十两银子，作为赵国基的埋葬费。赵姨娘跑来诘责探春，谓其不替她出气。探春说：

太太满心疼我，因姨娘每每生事，几次寒心。我但凡是个男人，可以出得去，我早走了，立出一番事业来，那时自有一番道理，偏我是女孩儿家，一句多话也没我乱说的。太太满心里都知道，如今因看重我，才叫我管家务。还没有做一件好事，姨娘倒先来作践我。倘或太太知

道了，怕我为难，不叫我管，那才正经没脸呢！——连姨娘也没脸了！（第五十五回）

赵姨娘说道：

你只顾讨太太的疼，就把我们忘了？……如今你舅舅死了，你多给了二三十两银子，难道太太就不依你？分明太太是好太太，都是你们尖酸刻薄！可惜太太有恩无处使！（同上）

探春没听完，气得脸白气噎，因问道：

谁是我舅舅？我舅舅早升了九省的检点了！那里又跑出一个舅舅来？……既这么说，每日环儿出去，为什么赵国基又站起来？又跟他上学？为什么不拿出舅舅的款来？（同上）

探春极力想摆脱正出庶出的观念，她不认赵国基为舅舅，固然太过绝情，然亦依照贾府规矩。赵国基与赵姨娘大约是由“奴产子”出身。赵姨娘虽被贾政收之为妾，而赵国基尚未解放，奴才的身份还在。如是，主子当然不宜叫奴才为舅舅。凤姐听了平儿报告方才的一切原故，便笑道："好！好！好个三姑娘！我说不错。只可惜他命薄，没托生在太太肚里。"平儿笑道："奶奶也说胡涂话了。他就不是太太养的，难道谁敢小看他，不和别的一样看待么？"凤姐叹道：

> 你那里知道？虽然正出庶出是一样，但只女孩儿，却比不得儿子。将来作亲时，——如今有一种轻狂人，先要打听姑娘是正出是庶出，多有为庶出而不要的。殊不知庶出，只要人好，比正出的强百倍呢。将来不知那个没造化的，为挑正庶误了事呢！也不知那个有造化的，不挑正庶的得了去。（同上）

探春虽是庶出，且系人所共嫉的赵姨娘之女，但她确实能够尽到儿孙之责。有次中秋节，贾母在大观园内凸碧山庄开筵，贾赦、贾政等退后，贾母要听笛声，听到半夜，人都散了，贾母也蒙眬双眼，似有睡去之态，王夫人请贾母安歇，贾母道："什么时候？"王夫人笑道："已交四更。他们姐妹们熬不过，都去睡了。"贾母听说，细看了一看，果然都散了，只有探春一人在此。贾母笑道："也罢，你们也熬不惯。况且弱的弱，病的病，去了倒省心。只有三丫头可怜，尚还等着。你也去罢，我们散了。”（第七十六回）探春孝顺老祖母如此，安得不讨人喜欢。后来探春远嫁海疆统制周琼之子为妇（第九十九回、第一百回），贾府抄家，兼以宝玉癫狂，王夫人心绪极坏，知道探春要回京了，便道：“我本是心痛，看见探丫头要回来了，心里略好些，只是不知几时才到。”（第一百十八回）及至宝玉失掉，“王夫人听说探春回京，虽不能解宝玉之愁，那个心略放了些。到了明日，果然探春回来”（第一百十九回），可知探春平日也深得王夫人疼爱的。

十一、贾府的奴才

吾国古代社会并不平等，对外战争常常有两种目的，一是掠取土地，二是捕获生口以为奴。周有五隶：一曰罪隶（郑玄注“盗贼之家为奴者”，贾公彦疏“此中国之隶，言罪隶，古者身有大罪，身既从戮，男女缘坐，男子入于罪隶，女子入于舂藁”），二曰蛮隶（郑玄注“征南夷所获”），三曰闽隶（郑玄注“闽，南蛮之别”），四曰夷隶（郑玄注“征东夷所获”），五曰貉隶（郑玄注“征东北夷所获”）（《周礼注疏》卷三十四《秋官司寇》、卷三十六《司隶》）。五隶所担任的劳役，《周礼》有详细记载，兹不具述。总而言之，隶给劳辱之役，而以看守牲畜及各种卑贱之杂役为主。秦汉时代，奴隶更多，或因罪而没为官奴婢，或因贫而卖为私奴婢。陈胜反时，秦令少府章邯免郦山徒人奴产子，悉发以击楚军，尽败之（《史记》卷四十八《陈涉世家》）。此秦有奴隶之证也。汉时，张安世有家僮七百（《汉书》卷五十九《张安世传》），王商的私奴以千数（同上卷八十二《王商传》），史丹的僮奴以百数（同上卷八十三《史丹传》），卓王孙有僮客八百人（同上卷九十一《货殖传》）。他们如何利用奴隶？除家庭劳动之外，又使其从事生产劳动。例如："张安世家僮七百人，皆有手技作事，内治产世，累积纤微，是以能殖其货。"（同上卷五十九《张安世传》）此汉有奴隶之证也。三国分立，干戈云扰，平民多卖身投靠于强宗豪族，或只从事生产工作，这称为奴客，或须从军作战，是称为部曲（参阅拙著《中国社会政治史》），唐代初年，每次对外战争，常俘虏外国人以为奴隶（参阅拙著上揭书）。"新罗张保皋归新罗，谒其王曰：遍中国，以新罗人为奴隶，愿得镇清海，使贼不得掠人西去，清海海路之要也"（《新唐书》卷二百二十《新罗传》）。由宋至清，社会上尚有奴隶，但此等奴隶只是家庭奴隶，换言之，他们不从事生产劳动，而只从事家庭工作。《红楼梦》的诸奴婢均是家庭奴隶。

贾府奴才的来源可分两种：一是买来的，例如袭人，她对其母兄说："当日原是你们没饭吃，就剩了我还值几两银子，若不叫你们卖，没有个看着老子娘饿死的理。"（第十九回）二是家生的，即古代所谓"奴产子"。袭人对宝玉

说："我又比不得是你这里的家生子儿，我们一家子都在别处，独我一个人在这里，怎么是个了局呢？"（第十九回）

买来的奴才多属女性而为丫头。家生的奴才，男女均有，女的仍是丫头；男的，少时为小厮，大时，凡有才干而为主子所赏识的，可管理家事，如宁府的赖二（第七回），荣府的赖大、林之孝等是。他们虽是奴才，然在贾府已经历事三代，至少亦有两代，他们是老家人，依吾国礼教，祖先所用的仆人，年轻主子对之须有礼貌（第五十二回、第六十三回），所以老管家的嬷嬷可同贾母斗牌（第二十回），林之孝可同贾琏促膝闲谈家计（第七十二回）。盖家庭奴隶与生产奴隶不同，家庭奴隶皆住在主人邸宅之内，担任轻松的工作，他们与主人常有接触的机会，因有接触，就会发生感情。反之，生产奴隶人数较多，如张安世有家僮七百，他们所生产的货物，不是供给主人一家之用，而是运到市场，卖给别人，以取得货币。因是，主人常不顾奴隶的体力，强迫他们作过劳的工作，并减少奴隶的衣食，使剩余生产物能够增加。因为奴隶的工作愈多，则主人所获得的金钱也愈多；奴隶的衣食愈少，则主人所消费的金钱也愈少。这样，奴隶便离开主人的家庭，而居住于破烂不堪的小屋之中。主人也因为奴隶人数增加，不能个个接触，对于奴隶便失掉了亲密感情。这是贾府奴才与生产奴隶不同之点。赖大的母亲赖嬷嬷，因其孙子赖尚荣做了知县，李纨问她："多早晚上任去？"赖嬷嬷叹道：

> 我那里管他们！由他们去罢！前儿在家里给我磕头，我没好话，我说："小子，别说你是官了，横行霸道的！你今年活了三十岁，虽然是人家的奴才，一落娘胎胞儿，主子的恩典，放你出来，上托着主子的洪福，下托着你老子娘，也是公子哥儿似的，读书写字，也是丫头老婆奶子捧凤凰似的，长了这么大，你那里知道那'奴才'两字是怎么写？只知道享福，也不知你爷爷和你老子受的那苦恼！熬了两三辈子，好容易挣出你这个东西！从小儿三灾八难，花的银子，照样也打出你这么个银人儿来了。到二十岁上，又蒙主子的恩典许你捐了前程在身上，你看那正根正苗，忍饥挨饿的要多少？你一个奴才秧子，仔细折了福！如今乐了十年，不知怎么弄神弄鬼，求了主子，又选出来了。县官虽小，事情却大：做那一处的官，就是那一方的父母。你不安分守己，尽忠报国，孝敬主子，只怕天也不容你！"（第四十五回）

由赖嬷嬷的话看来，可以推测三事：一是奴才之子可由主人把他解放为平民。赖大的儿子一生出来，贾府即解除其奴才的身份，后来读了书，捐了官，且做一县之长。二是赖嬷嬷的丈夫及其子赖大必是荣府奴才，所以她说："也不知你爷爷和你老子受的那苦恼！熬了两三辈子，好容易挣出你这个东西！"是则赖大本身就是家生奴，但他的儿子已经解放为民。三是此时赖大尚在荣府管理家务，不知他是否也已解放。如未解放，其子如何写出三代？或者他已解放，只因荣府收支甚大，有利可图，故尚管理荣府家务。吾人观贾母对赖大的母亲说："我知道你们这几个都是财主，位虽低些，钱却比他们多。"（第四十三回）何况奴才尚可仗着主子之势，把"打官司"的事，视为家常便饭呢（第七回）。但是奴才毕竟是奴才。贾政扶了贾母灵柩一路南行，想到盘费算来不敷，不得已写书一封，差人到赖尚荣（赖大之子）任上借银五百。那知赖尚荣回信，告了多少苦处，只贷白银五十两。贾政看了大怒，即命家人立刻退还，并将原信发回，叫他不必费心。赖尚荣知道事办错了，立刻修书到家，叫他父亲设法告假，赎出身来（可知赖大尚在荣府为奴），赖尚荣也告病辞官（第一百十八回）。

袭人不是家生奴，而是买来的，袭人的母兄心想"况且原是卖倒的死契"（第十九回），贾母也说："他又不是咱们家根生土长的奴才。”（第五十四回）这样，买来的奴才又分两种：一是卖倒的，二是非卖倒的。卖倒的因为契约是死契，原则上不能赎回；非卖倒的，其契约当是活契，而可赎回。但是贾府对于下人比较宽厚，不问卖倒或非卖倒，往往是“连身价也不要，就开恩叫他们去呢”（第十九回）。在《红楼梦》许多丫头之中，不，就在怡红院之中，孰是家生的，孰是买来的，除袭人及晴雯外，余皆无法稽考。

但贾府有一种特别规矩，凡是丫头不得因为丁忧而守孝。贾母因见宝玉出来，只有麝月、秋纹几个小丫头随着，因说：“袭人怎么不见？”王夫人忙起身笑说道：“他妈前日殁了，因有热孝，不便前头来。”贾母点头，又笑道：“跟主子却讲不起这孝与不孝，要是他还跟我，难道这会子也不在这里？这些竟成了例了。”（第五十四回）贾母又说：“正好前儿鸳鸯的娘也死了，我想他老子娘都在南边，我也没叫他家去守孝。”（第五十四回）这有似古代皇帝对于大臣丁忧有夺情之权。

贾府的奴才尤其丫头，分有等级，形式上虽然只分大丫头与小丫头，实质上，大丫头之中复分有权与无权。贾母房中，鸳鸯是有权的，贾母的金银珠宝均由她保管，所以贾琏要窃取贾母的东西典押，必须与鸳鸯商量（第七十二回）。王夫人房中最有权的，最初似是金钏，金钏投井自杀，王夫人于心不安，就提拔金钏之妹玉钏，破例每月给予月钱二两（第三十六回）。怡红院内的袭人也有权力，宝玉房里小丫头坠儿偷了平儿的金镯，此时袭人因母丧回家，晴雯知道了，就要撵坠儿出去。宋嬷嬷说："虽如此说，也等花姑娘回来，知道了，再打发他。"（第五十二回）宋嬷嬷这话说错了，在怡红院之中，敢与袭人作对的只有晴雯一人，宋嬷嬷要用袭人以压服晴雯，只有促成晴雯决心撵走坠儿，何况坠儿又有窃盗的行为。

丫头等级的高低不是依其父母的地位，而是依其自己的才貌，例如小红是林之孝之女（第二十四回、第二十七回）。她一心想向上攀高，初次见到宝玉之时，两人的对话如次：

> 宝玉便笑问道："你也是我这屋里的人么？"那丫头笑应道："是的。"宝玉道："既是这屋里的，我怎么不认得？"那丫头听说，便冷笑一声道："爷不认得的也多呢，岂止我一个？从来我又不递茶递水，拿东拿西，眼前儿的事，一件也做不着，那里认得呢？"宝玉道："你为什么不做那眼面前儿的事呢？"那丫头道："这话我也难说。"（第二十四回）

自古以来，英豪之士因受人君左右蒙蔽而不见知于上者，不知有多少。圣明之主因受左右蒙蔽而不能擢用英才者，又不知有多少。孔子说：“在下位，不获乎上，民不可得而治矣。”此数句孔子在《中庸》中曾两次提到，可见孔子大有慨于此。然而在下位，要获乎上，尚须与人主左右联络。此盖有了政治，“党羽成乎下”，势所难免。专制时代的党羽叫作朋党，民主时代的党羽叫作政党。二者不同之点在于政见的有无。政党必有政见，政党要实行其政见，必须取得政权，政权能否得到，则取决于民众的向背。凡事取决于民众者，不能不服从民意，所以政党的政见是以民意为基础。朋党没有确定的政见，而只有夺取政权的意欲，纵有政见，而政权能否得到，则取决于天子的爱憎。凡事取决于天子者，不能不献媚于天子。天子身居九重之内，朝夕所见者不过宫嫔阉宦。宫嫔阉宦可用单言片语，移转人主之意，所以献媚于天子者，又不能不谄事宫嫔，勾结阉宦，吾人读唐明历史，即可知之。小红虽然“俏丽甜净”，且系荣府“世仆”林之孝之女，林之孝现在收管各处田房事务（第二十四回），但小红未加入袭人或晴雯集团之中，故“眼面前儿的事，一件也做不着”。宝玉不识她是怡红院的人，而竟问她：“你为什么不做眼面前儿的事呢？”小红道：“这话我也难说。”积忿之气久蓄于心，而发为悲愤之辞。此际秋纹、碧痕来了，见到小红在宝玉房中，已经诧异，“忙进房看时，并没别人，只有宝玉，便心中俱不自在”，且冷言冷语说道：“你也拿那镜子照照，配递茶递水不配！”（第二十四回）大丫头们联合排斥小红，这真是“党羽成乎下”。而“党羽成乎下”实因“主势降乎上”，所以宝玉亦不能辞其责。宝玉既见小红“俏丽甜净”，且“也就留心”，要“唤他来使用”了，而乃“怕袭人等多心”，竟不敢“指名唤他来使用”（第二十五回）。小红屈居下位，难怪小丫头佳蕙为她不平。佳蕙说：

> 这个地方，本也难站。就像昨儿老太太因宝玉病了这些日子，说伏侍的人都辛苦了，如今身上好了，各处还香了愿，叫把跟着的人都按着等儿赏他们。我们算年纪小，上不去，我也不抱怨；像你怎么也不算在里头？我心里就不服。袭人那怕他得十分儿，也不恼他，原该的。说句良心话，谁还能比他呢？……只可气晴雯、绮霞他们这几个都算在上等里去！仗着宝玉疼他们，众人就都捧着他们，你说可气不可气？（第二十六回）

后来凤姐叫小红到她那里工作，袭人“就做了主，打发他去了”（第二十八回），这安知不是袭人受了秋纹、碧痕的包围，有意打发小红远离宝玉？古来人臣之不妒才者为数不多。萧何荐韩信为大将，可谓不妒才矣，但我们须知萧何要攀龙附凤，成就一代功业，必须辅佐刘邦得到天下。当时刘邦势孤，非有一员善于用兵的大将，欲保汉中，已经不易，更何能定关中，收三河，而使项羽由优势变为劣势。而且萧何与韩信各有专长，萧何善于治国，韩信善于将兵，两人的所长并不冲突，则萧何推荐韩信，实无害萧何的前程。至其与曹参的关系则不同了。史称：“始曹参微时与萧何善，及何为宰相有隙。”然而“何且死，所推荐唯参。参代何为相国，举事无所变更，一遵何之约束”，“参曰陛下观参孰与萧何贤？上曰君似不及也。参曰陛下言之是也。且高皇帝与萧何定天下，法令既明具，陛下垂拱，参等守职，遵而勿失，不亦可乎。帝曰善，君休矣”（《汉书》卷三十九《曹参传》）。未达时友善，既达时有隙，这是人情之常。而萧何病且死，即荐参为相国；参为相国，又遵守萧何所定的法令，不加变更，这是两人所以皆成为汉代贤相的理由。若是今人，萧何必不保荐曹参为相，曹参必不肯萧规曹随，而将推翻前任所决定的政策，自己拟了一个新计划，以表示自己的才力超过前任。万一这位继任的人因事离职，接任的人又将攻击其政策，再拟一个计划，而表示自己的才力又胜过前任了，哪肯自认才劣于前任？因此国家政策便要随时变更，而国家基础也随之动摇。

人士所希望于政府者，乃是宦途公开，任谁都可依自己的才干，以取得才干相等的职位。丫头所希望于宝玉者，也是升进公开，任谁都可依自己的才貌，以取得才貌相当的地位。然而袭人等辈合成为小组织，排斥新进，而保持旧人的地位。新进之人既无上升机会，只有别求出路，即放弃向“宝玉即‘宝玉’也”的宝玉进攻，而改向宝玉的弟侄献媚，例如王夫人房中的彩霞“淡淡的不大管理”宝玉，“两眼只向着贾环”（第二十五回）。可惜贾环用情不专，后来又爱上彩云，送她一包蔷薇硝（第六十回），而彩霞竟给来旺之子讨去做媳妇了（第七十二回）。

小红呢？“他每每要在宝玉面前现弄现弄。只是宝玉身边一干人都是伶牙利爪的，那里插得下手去。不想今日才有些消息，又遭秋纹等一场恶语，心内早灰了一半。正没好气，忽然听见老嬷嬷说起贾芸来，不觉心中一动”（第二十四回）。但贾芸与小红不易见面，“小红素昔眼空心大，是个头等刁钻古怪东西”（第二十七回），于是又乘机投向凤姐（第二十七回、第二十八回）。然由凤姐的性格看来，小红依附凤姐，有否前程，实属疑问。

十二、荣府的清客及女清客刘老老

孔子说："有朋自远方来，不亦乐乎。"我想这位朋友必是清客；花少许钱，买了一壶酒，几件菜，请他吃吃谈谈，确实是"不亦乐乎"。倘若这位朋友是道学先生，开口天理，闭口人欲，主人听腻了，而他又是不远千里而来，主人固不能时时看表，表示自己有事，将要外出。要是这位朋友是来讨债或来借钱，主人袋里空空如也，则避之唯恐不及，哪有欢迎到"不亦乐乎"的程度。

"清客"这个名称不知始自何时。我先翻《辞源》，以为书名既有"源"字，必能略述其起源，没有。只云："门客亦称清客，因多擅艺能，又自托于清高，故为之主人者称（之）为清客。"我又看《辞海》，也没有说明源出于那一部旧书，只解释说："世称门下客为清客，盖以主人重其清高，罗致门下，故曰清客。然清客每不事事而寄食于人，故世俗用此称，辄含鄙夷之意。”依我之意，清客是起源于战国时的食客。孟尝君有食客数千人（《史记》卷七十五《孟尝君列传》），即其一例。案“客”之名称本来是指来宾，而与“主人”为对称之辞。《礼》云：“主人肃（引导之意）客而入。”（《礼记注疏》卷二《曲礼上》）《左传》襄公二十七年“宋公兼享晋楚之大夫，赵孟为客”。这两客字都是今日“来宾”之意。战国时代，客常寄食于封君，是为食客。食客平时多不事事，但主人若有困难，亦会代出奇策，以救主人之厄。降至汉世，客常依附于豪门权贵而为其爪牙，所以光武中兴，建武二十八年“诏郡县捕王侯宾客坐死者数千人”（《后汉书》卷一下《光武帝纪》），然而无补于事。桓灵之际，客的地位渐次降低，人士往往以客代奴，“客庸月一千”（见《全后汉文》卷四十六《崔实政论》）。由魏晋而至南北朝，士族阶级均有投靠的客，客的身份便与奴合为一体，而称之为奴客。就是“宾客”的意义也和“奴客”一样，变成主人的奴才。隋唐以后，客随士族势力的衰落，渐次恢复其原有的地位，即客就是来宾，而与主人平等。但世上尚有清客这种人士，其地位略似于幕友，但又降幕友一等。幕友亦称幕宾，据《辞源》解释，“凡行政官所延文案书记等总称幕友”。《辞海》则谓“幕友为政军各官署办理文书及一切助理人员之通称”。贾政闲谈“姽婳将军”林四娘之时，听者忽称“众幕友”，忽称“众幕宾”，此外尚有“众清客”（第七十八回）；贾政外放为江西粮道，幕友们乘便规谏其勿信任李十儿（第九十九回）。现在不谈幕友，专谈清客。

贾府有多少清客，宁府那边及贾赦一房，清客是谁，《红楼梦》未曾说到。我们知道贾赦自己确有清客，元宵夜贾母在大花厅上，请各子侄孙男孙媳等家宴，“知他（贾赦）在此不便，也随他去了。贾赦到家中，和众门客赏灯吃酒，笙歌聒耳，锦绣盈眸，其取乐与这里（大花厅）不同”（第五十三回，此时贾政不在京中）。所谓门客据《辞源》“清客”条，就是清客。《红楼梦》以宝玉为主角，故对于贾政的清客，曾举出其姓名，如詹光、单聘仁（第八回）、程日兴（第十六回）、胡斯来（第二十六回）等，约有七八人之多。余阅读《红楼梦》时，未曾注意及此，故不能一一举其姓名。贾政为江西粮道，此辈似未随他上任，可知清客与幕友不同。清客常同贾政说闲话（第九回），而以凑趣取笑为主。鸳鸯说：“天天咱们说，外头老爷们，吃酒吃饭，都有个凑趣儿的，拿他取笑儿。咱们今儿也得了个女清客了！”（第四十回）所以清客也就是“帮闲”。帮闲似是帮助主人消遣闲暇之意。

清客不过帮助主人消遣余闲，他们的人格未必清高，对其主人有依阿取媚之状。宝玉在荣府中，无异一位皇子，清客对此皇子，当然是亲近之，迎合之，称赞之。宝玉有一次要到梨香院去看宝钗，半路遇到清客，《红楼梦》描写如次：

（宝玉）遇见了门下清客相公詹光、单聘仁二人走来。一见了宝玉，便都赶上来，笑着，一个抱着腰，一个拉着手，道："我的菩萨哥儿！我说做了好梦呢，好容易遇见了你！"说着，请了安，又问好，唠叨了半日，才走开。（第八回）

大观园建筑成功，贾政令宝玉试题匾额对联，宝玉每发一言，每题一匾额，每拟一对联，众清客或赞道："是极，妙极"，"才情不凡"（第十七回），或"称赞不已"，"哄然叫妙"，或"同声拍手道好"，或称"幽雅活动"，其一齐捧场，令人读后，为之汗颜。

到了贾政命宝玉作"姽婳词"之时，宝玉念一句，贾政写一句。宝玉每念一句，众清客便称"古朴老健，极妙"（第七十八回），或谓"用字用句，皆出神入化"，或竟"拍手笑道，当日敢是宝公也在座，见其娇且闻其香"，"转韵更妙，这才流利飘逸，而且这句子也绮靡秀媚得妙"，或又"拍案叫绝”，或“众人都道，妙极，妙极，布置，叙事，词藻，无不尽美”，“铺叙得委婉”，“念毕，众人都大赞不止”。

诸清客平日讨好主人，而大捧主人之子，及至贾府抄家，此辈到哪里去了？固然“贾政正在独自悲切，只见家人禀报，各亲友进来看候，贾政一一道谢”（第一百六回），不知各亲友之中有否清客。不久，贾政承袭荣国公世职（第一百七回），然此只是一种荣誉，而家道已衰，当然无力再养清客，因之“清客渐渐地都辞去了，只有个程日兴还在那里，时常陪着说说话儿”（第一百十四回）。

男清客自贾府抄家之日（第一百五回）始，到程日兴出现之时（第一百十四回）止，不知他们均在何方，《红楼梦》既无明文交代，我们便无须“大胆假设”“小心求证”。固然此种考证比之考证《红楼梦》之为曹雪芹自传，尤胜一筹。因为前者有关于当时世风士气，后者不过为曹家争版权而已。女清客呢？“女清客”这个名称为鸳鸯所创（第四十回），暗指刘老老而言。刘老老第一次进入荣府，是为求得些银钱，以救其婿王狗儿之急。见到凤姐，凤姐甚为冷淡，笑说：“况且外面看着虽是烈烈轰轰，不知大有大的难处，说与人也未必信。……可巧昨儿太太给我的丫头们做衣裳的二十两银子还没动呢，你不嫌少，且先拿了去用罢。……天也晚了，不虚留你们了。”刘老老“千恩万谢，拿了银钱”，回到乡下（第六回）。第二次来到荣府，不是来打抽丰，而是送了一袋瓜果野菜，以报昔日接济之恩（第三十九回）。此次，给贾母知道了，就说：“请了来我见见。”此一见，刘老老运气来了，凤姐见贾母喜欢，也“忙留”她，再住两天。在这数天之内，刘老老装傻装呆，哄得贾母欢笑，尤其在贾母于晓翠堂上开宴，刘老老故意说出傻话，使“上上下下都一齐哈哈大笑起来”（第四十回）。及至鸳鸯三宣牙牌令，轮到刘老老对令作词，虽然合韵，而其粗俗可爱，众人听了，不觉哄堂大笑起来（第四十回），竟令贾母笑道：“今日实在有趣！”（第四十一回）回去之日，又得了一百数十两的银子及许多衣料食品（第四十二回）。凤姐以刘老老取笑，刘老老亦会凑趣，鸳鸯谓之女清客，刘老老确已尽了女清客之职。鸳鸯笑道：“老老别恼，我给你老人家赔个不是儿罢。”刘老老忙笑道：“姑娘说哪里的话？咱们哄着老太太开个心儿，有什么恼的？……我要恼，也就不说了。”（第四十回）刘老老确是“生来的有些见识，况且年纪老了，世情上又有经历”（第三十九回）。我写到此处，不禁想起东方朔来了。东方朔上书武帝，自吹自誉，最后一句竟然说道：“若此，可以为天子大臣矣。”上伟之，令待诏公车，后拜为郎，迁大中大夫给事中。朔在朝常常扰乱朝仪，而以滑稽之语自辩，武帝不但不加之以罪，且常赐以黄金。为什么呢？天子每日所见的均是公卿，所讨论的尽是国家大事，而吾国又无周末之制以休养身心，所以听到东方朔诙谐之言，不但可以解颐，且亦可以消除一天勤政之苦。朔虽嘲谑，时亦直言切谏，上常用之。公卿在位，朔皆傲弄，不为所屈（《汉书》卷六十五《东方朔传》），所以我谓东方朔乃是第一流的清客。

刘老老第三次进入荣府，是在贾府抄家之后，贾母已死，凤姐病在床上，除平儿外，无人看护，此时刘老老忽然来了。凤姐对巧姐道："你的名字还是他起的，就和干妈一样。"（第一百十三回）前此凤姐曾向馒头庵主持静虚说："从来不信什么阴司地狱报应的。凭是什么事，我说要行就行。"（第十五回）多么勇敢。现在病了，心虚了，日夜见鬼来讨命了。王充说："凡天地之间，有鬼，非人死精神为之也，皆人思念存想之所致也。致之何由，由于疾病。人病则忧惧，忧惧则鬼出。"（《论衡》第六十五篇《订鬼》）凤姐病了，忧惧了，鬼出来了。她"叫刘老老坐在床前，告诉他心神不宁，如见鬼怪的样子"。刘老老教其祷告菩萨，凤姐便在手腕上褪下一只金镯子交给她，求刘老老为她祷告。刘老老不肯收，凤姐“知刘老老一片好心，不好勉强，只得留下，说道：‘老老，我的命交给你了！我的巧姐儿也是千灾百病的，也交给你了！’”（第一百十三回）家中无人可托，竟托孤于村妪。刘老老赶快回乡，向菩萨祷告，然而凤姐病入膏肓，旋即命归阴司（第一百十四回）。

凤姐既死，巧姐失恃，幸有平儿做伴，忠心保护。此时贾政扶了贾母灵柩南行，贾琏因贾赦病重，已赴流配之处（台站）探视。荣府之内除宝玉外，无一正派的男人。而祸起萧墙，贾环、贾芸、凤姐胞兄王仁、邢夫人胞弟邢大舅，竟然欲将巧姐卖给藩王为妾。邢夫人受他们欺骗，完全愿意；平儿虽然告知王夫人，王夫人亦一筹莫展。在这千钧一发之际，刘老老又来了，就由她定下方法，令平儿陪同巧姐偷偷地到她乡里一避。而藩王亦知是贾府之女，世代勋戚，娶之为妾，有干例禁，遂解除贾家婚约，并驱逐王仁、贾芸出去，一场风波，就这样结束。

刘老老过去是清客，而救巧姐一事，则为侠客。贾府已经落败，藩王的势力炙手可热。当刘老老协助巧姐逃难之时，她并不知藩王要解除婚约。老老竟敢毅然主张逃到她的家里，而不怕藩王求婚不遂，势将派人侦查巧姐之所匿，万一探知巧姐是匿在王狗儿家里，必加老老以拐带的罪名。刘老老不怕，也不考虑到怕。吾欲以之与朱家郭解相比。刘老老村妪而已，唯村妪方能趋人之急，脱人之厄。彼膏粱妇女只知奢靡，唯钱是视，唯权势是媚，且以贪墨所得的金钱，炫耀于人，甚至以其所私的权贵，夸示于邻里乡党。世道人心腐化至此，干宝所述晋代妇女就是一例。

十三、探春的改革

小厮兴儿在尤二姐处批评贾府三位未出嫁的姑娘，关于探春，说道："三姑娘的混名儿叫'玫瑰花儿'：又红又香，无人不爱，只是有刺扎手。可惜不是太太养的，'老鸹窝里出凤凰！'"（第六十五回）过去女子是嫡出或是庶出，确有很大的区别。因为庶子之母（妾）多出身于低贱之家，缺乏教养。别人因为轻视其母，从而轻视其女。赵姨娘的言语、行动，等等，谁看得上眼，而尊敬她？这大大伤了探春的心。

探春说："我但凡是个男人，可以出得去，我早走了，立出一番事业来，那时自有一番道理，偏我是女孩儿家，一句多话也没我乱说的。"（第五十五回）其言之不满现状，于兹可见。她在荣府中，能够受人重视，完全由她努力，博得上下称许。凤姐因病不能理事，王夫人"将家中琐碎之事，一应都暂令李纨协理。李纨本是个尚德不尚才的，未免逞纵了下人，王夫人便命探春合同李纨裁处”，“园中人多，又恐失于照管，特请了宝钗来，托他各处小心”（第五十五回）。探春虽生于富贵之家，幼时因为庶出，也许生活不如嫡出那样舒服，故能深知荣府的积弊；而收入不敷支出，则为荣府最大的危机。

荣府耗财最大的，莫如建筑大观园，贾蓉对乌进孝说：“头一年省亲，连盖花园子，我算算，那一注花了多少，就知道了。再二年，再省一回亲，只怕就精穷了！”（第五十三回）大凡一种建设，建设费虽多，不过一时支出，至其维持费如修缮费、人事费，等等，若不从早计算，以之为每年经常费，则建筑物虽然坚固而美观，最后亦必破烂不堪。举例言之，开凿一条运河，固然用费巨亿，但运河两岸若不时时修缮，河床若不时时疏浚，则两岸崩坏或河底沉砂过多，则运河不能行舟，而失去其运输货物的作用。又如建筑一条铁路，用费亦多，但铁轨会损伤，列车会毁坏，所以修缮费及折旧费均须预先估计，作未雨之绸缪。

凡有意改革之人，在改革以前，或先施惠以结人心，或先用刑，使人警惕。施惠须从疏而贱者始，用刑须从亲而贵者始。若问惠与刑孰先，我欲依法家之说，刑先。即王安石所说：“古之人欲有所为，未尝不先之以征诛，而后得其意。”（《王临川全集》卷三十九《上仁宗皇帝言事书》）吾国先哲关于刑赏，讨论极其详尽，若尽举以供读者参考，可单独编为一部巨著。兹只举宋人之言。盖宋代以儒立国，政尚忠厚，而如孝宗所说：“国朝以来，过于忠厚，宰相而误国，大将而败军，未尝诛戮。”（《宋史》卷三百九十六《史浩传》）用忠厚以治国，何能矫萎靡之风，而激发英豪之士敢于作为？所以仁宗时，李觏即说：“彼仁者爱善不爱恶，爱众不爱寡。不爱恶，恐其害善也。不爱寡，恐其妨众也。如使爱恶而害善，爱寡而妨众，则是仁者天下之贼也，安得圣贤之号哉。舜去四凶……仁者固尝杀矣。世俗之仁则讳刑而忌戮，欲以安全罪人，此释之慈悲，墨之兼爱，非吾圣人所谓仁也。”（《李直讲文集》卷二十一《本仁》）英宗时，苏轼亦说：“昔者圣人制为刑赏，知天下之乐乎赏而畏乎刑也，是故施其所乐者自下而上，民有一介之善，不终朝而赏随之，是以天下之为善者，足以知其无有不赏也。施其所畏者自上而下，公卿大臣有毫发之罪，不终朝而罚随之，是以上之为不善者，亦足以知其无有不罚也……舜诛四凶而天下服，何也？此四族者天下之大族也。夫惟圣人为能击天下之大族，以服小民之心，故其刑罚至于措而不用。周之衰也，商鞅韩非峻刑酷法，以督责天下。然其所以为得者，用法始于贵戚大臣，而后及于疏贱，故能以其国霸。由此观之，商鞅韩非之刑法非舜之刑，而所以用刑者舜之术也。”（《东坡七集·应诏集》卷二《策别第六》）李觏之言乃出于孔子“唯仁人为能爱人，能恶人”（《礼记注疏》卷六十《大学》），苏轼之言则出于《六韬》“杀贵大，赏贵小……刑上极，赏下通”（《六韬·龙韬·将威第二十二》），此皆为政者所宜注意的道理。

恰好这个时候发生了赵姨娘兄弟赵国基死亡之事，这不但考验探春办事能力，且考验探春办事是否公平。所以当吴新登媳妇前来报告，许多人都来打听消息。

> 彼时来回话者不少，都打听他二人（探春及李纨）办事如何。若办得妥当，大家则安个畏惧之心，若少有嫌隙不当之处，不但不畏服，一出二门，还说出许多笑话来取笑。（第五十五回）

哪知探春确实利害，反请吴新登媳妇举出两个例子，来做参考。吴新登媳妇先则说：“赏多赏少，谁还敢争不成？”次又说：“我查旧账去，此时却记不得。”探春笑道：“你办事办老了的还不记得，倒来难我们？你素日回你二奶奶也现查去？若有这道理，凤姐姐还不算利害，也就算是宽厚了。”话中有话，利害，利害。探春看了旧账，便对李纨说：“给他二十两银子。”（第五十五回）此一决定虽然引起赵姨娘的吵闹，而众人无不心服口服。

一事方了，另一事又来。有一位媳妇来领贾环、贾兰一年学里吃点心或买纸笔的费用，每人各八两银子。贾环是探春的同母兄弟，贾兰是李纨的独生儿子。此事办得不妥，又涉及徇私之嫌。政治上最会引起人们注意及反感的，莫如秉权的人之徇私。凡人与我亲密的，特别优待，与我疏远的，等闲视之，此皆可以引起旁观者不平之心。哪知探春认为学里两人的点心费及纸笔费已在每人月钱之内，此一年八两开销可以取消。就钱的方面说，固然是区区之数，但由节省公帑方面观之，其应取消，则很明了。

平儿对秋纹说：“正要找几处利害事与有体面的人来开例，作法子镇压，与众人作榜样呢。”（第五十五回）这几句话有两层意义，一是改革须关系大利害的事；二是先从体面的人下手。前者是谓一切改革应从大处着手，枝枝节节的小问题，无须浪费精力。大处能够解决，小处自可迎刃而解。在一个国家或在一个家庭，必有一个核心问题，凡事不由核心问题着手，只知东做做一点，西做做一点，今天出了一个新花样，明天再出个新花样，不但劳而无功，而且注意力必至分散。后者即“杀贵大”之意，上文已有说明，兹不再赘。凤姐亦知此中道理，她告诉平儿说：“俗语说‘擒贼必先擒王’，他如今要作法开端，一定是先拿我开端。倘或他要驳我的事，你可别分辩，你只越恭敬越说驳的是才好。千万别想着怕我没脸，和他一强就不好了。”（第五十五回）

权威既已树立，探春就开始兴利并除宿弊。固然改革只限于大观园之内，然此非探春之过，盖大观园之外有人管理，如贾琏、赖大、林之孝等是，而且涉及贾母、贾赦、贾政诸人。大观园自昔就成为另一个世界，探春行使权力只限于大观园之内，故其改革亦限于大观园之内。然而大观园乃是荣府的一部，整个荣府腐化到无法改革，只改革区区的大观园，并没有用处。而且大的宿弊每可助长小的宿弊，改革小的宿弊，绝不会使大的宿弊因之消灭。

计探春在大观园内所作的改革，只有两件事，一是节用，姑娘们已有二两银子的月钱，丫头们又另有月钱，则头油脂粉何必另外再有二两银子。何况此二两银子的头油脂粉是由买办经手去买，往往买的不是正经货，使不得，所以探春把这一笔开支取消了（第五十六回）。二是兴利，把大观园内花卉树木交给忠实的老婆子管理，凡姑娘丫头的头油胭粉香纸以及各处笤帚、簸箕、掸子，并大小禽鸟鹿兔吃的粮食，“都由他们包了去，不用向账房领钱”，即以大观园花卉树木的收入，充为购买这些物品之用。据平儿计算，一年可省下四百多两银子（第五十六回）。但管地的既然有利可得，势必引起别人的嫉妒，妒心一生，免不了作残花卉，所以管地的人应拿出若干钱来，给与那些不管地的人。不管地的人“听了每年终无故得钱，更都欢喜起来”（第五十六回）。

以上是探春在代理期间所作的改革，后来如何，《红楼梦》既未之言，吾人更不必瞎猜。但我要告知读者的，国家财政愈棼乱，管理财政的人愈容易营私舞弊，吾人读中国历史，即可知之。故凡只知私人利益，并为私人利益打算，他们所怕的是国家财务行政纳上轨道。看吧！每朝代财政支绌之时，不是管理度支的人愈富裕、愈奢靡么？

宋代官冗兵多，就如贾府一样，用人（如赖大、林之孝等）多，小厮多，丫头更多，卒致收支不能平衡，年年有赤字预算。神宗以为“政事之先，理财为急”（《宋史》卷一百八十六《食货志下八·均输》）。“王安石为政，汲汲焉以财政（兵革）为先”（同上《市易》）。但理财须有理财之法，理之不得其法，只是聚敛而已。叶适说：“理财与聚敛异，今之言理财者聚敛而已矣。”（《水心集》卷四《财计上》）吾赞成苏辙的意见。他说：“方今之计莫如丰财，然臣所谓丰财者，非求财而益之也，去事之所以害财者而已。夫使事之害财者未去，虽求财而益之，财愈不足。使事之害财者尽去，虽不求丰财，而求财之不丰，亦不可得也……事之害财者三，一曰冗吏，二曰冗兵，三曰冗费……三冗既去，天下之财得以日生而无害，百姓充足，府库盈溢，陛下所为而无不成，所欲而无不如意矣。”（《栾城集》卷二十一《上皇帝书》）明代丘浚曾批评云：“三害之中，冗费之害尤大，必不得已而去之，吏兵无全去之理。唯费之冗者，则可权其缓急轻重而去之焉。凡所谓冗者，有与无皆可之谓也。事之至于可以有，可以无，吾宁无之而不有焉，则不至害吾财矣。”（《大学衍义补》卷二十一《论理财之道下》）荣府的奢靡均属于冗费，探春的改革，不过去其冗费而已。

十四、《红楼梦》记事不忘吃饭

任何小说尤其今人所写的武侠小说而登在报纸之上的，往往是两侠斗剑或两侠舌战，经过了一星期，又经过了十余天，还在那处，剑来剑去，或我一句，你一句，辩论不已。我看到这里，常常不再看下去。经过一个多月，总以为应该变更了新花样吧，又把该报取来一看，哈哈，斗剑或舌战还在原处进行，实在令人不能忍受。这就是我不看某一位作家所写武侠小说的原因。

我很怀疑此一批侠客大约遇到了黄石公，教以辟谷之法，否则不会比剑或比舌，比了两个多月，还是口不干而肚子不饿。吾国的侠客单单不食不饮，就比蓝眼睛、高鼻子的侠客高明。

我看了《红楼梦》，总觉得曹雪芹不忘吃饭。读者不信吾言，试翻翻《红楼梦》，就可发现数回之中，至少必有一次提到吃饭。纵是吃便饭也写得很详细，如黛玉初入荣国府，在贾母房中吃饭，哪一人捧杯，哪一人安箸，哪一人进羹，陪食的是谁，谁坐在哪一方哪一位，都写得清清楚楚（第三回），就是其例。或写得很简单，单单提了一句，如贾珍之妻尤氏请贾母等于早饭后，到宁府参加家宴，饮酒看花，其一例也。在后者，简单之中，又提到两次吃饭，一是请贾母等“于早饭后”过来，在会芳园游玩。二是此次不过是宁荣二府“眷属家宴”，并无别样新文趣事可记（第五回）。

人类除神仙外，不能一日不食，所以写长篇小说，不要写得高兴，如黄河之水天上来，不休不息，滚滚下去，奔流到海不复回，而竟忘记了吃饭之事。孔子至圣也，他深知人情，绝不学宋代道学家那样，把食色看作卑鄙恶浊之事，而不肯出之于口，反而大胆地说道：“饮食男女，人之大欲存焉。”（《礼记注疏》卷二十二《礼运》）关于饮食，孔子云：“夫礼之初始诸饮食。”（同上卷二十一《礼运》）关于男女，孔子亦说：“君子之道，造端乎夫妇。”（同上卷五十二《中庸》）圣人之重视食色也如此。告子说：“食色，性也。”（《孟子注疏》卷十一上《告子上》）余今学子贡的话：“必不得已而去，于斯二者何先？”曰：“去色。”饥寒交迫，何暇谈到“色”字？然而色亦甚重要，不过比之于食，要差些许而已。所以孟子说王道，先则曰“百亩之田，勿夺其时，数口之家，可以无饥矣”（同上卷一上《梁惠王上》），次才曰“内无怨女，外无旷夫”（同上卷二上《梁惠王下》），即王道是从饮食男女方面着手。古代“令男三十而娶，女二十而嫁”，但“中春之月，令会男女，于是时也，奔者不禁”。贾公彦疏“此月既是娶女之月，若有父母不娶不嫁之者，自相奔就，亦不禁之”（《周礼注疏》卷十四《媒氏》）。盖人类皆有性欲，《诗》云：“窈窕淑女，君子好逑……求之不得，寤寐思服，悠哉悠哉，辗转反侧。”（《诗经注疏》卷一《国风·关雎》）这只是一首情歌，何必硬说：“《关雎》乐得淑女以配君子，爱在进贤，不淫其色，哀窈窕，思贤才，而无伤善之心焉。”（同上毛亨传）这真是容易了解的，愈注愈不易了解。

男女问题，即“色”的问题，说到这里为止。关于饮食问题似有补充说明的必要，先哲论政，必不忘民之衣食。孔子说：“政之急者莫大乎使民富。”（《孔子家语》第十三篇《贤君》）又说，“民之所以生者衣食也……民匮其生，饥寒切于身，不为非者寡矣。”（《孔丛子》第四篇《刑论》）“孔子厄于陈蔡，从者七日不食，子贡得米一石，颜回仲由炊之于坏屋之下，有埃墨坠饭中，颜回取而食之，子贡自井望见之，不悦，以为窃食也”（《孔子家语》第二十篇《在厄》）。以子贡之智，颜回之贤，而当饥饿之时，子贡尚疑颜回之窃食，由此可知人类所视为最重要的，还是衣食。所以孔子为政，必以富民为先。“子适卫，冉有仆，子曰：‘庶矣哉。’冉有曰：‘既庶矣，又何加焉？’曰：‘富之。’‘既富矣，又何加焉？’曰：‘教之。’”（《论语·子路》）。即“富之”乃在“教之”之先。管仲说：“仓廪实，则知礼节；衣食足，则知荣辱。”（《管子》第一篇《牧民》）多数人民饥寒交迫，而乃教之以仁义，勉之以道德，纵令孔子复生，说得口破唇干，我想人民亦将一笑走开，不愿再听下去。李卓吾说：“饥定思食，渴定思饮，夫天下曷尝有不思饮食之人哉。”（《李氏焚书》卷二《答刘方伯书》）李氏又说，“穿衣吃饭即是人伦物理，除却穿衣吃饭，无伦物矣。世间种种皆衣与饭类耳。故举衣与饭，而世间种种自然在其中，非衣食之外，更有所谓种种与百姓不相关者也。”（同上卷一《答邓石阳》）

孔子为政，必以富民为先，既欲富民，则不可不言利，只因孔子有言：“君子喻于义，小人喻于利。”（《论语·里仁》）董仲舒又加以阐释，他说：“天之生人也，使之生义与利，利以养其体，义以养其心。心不得义，不得乐；体不得利，不得安。义者心之养也，利者体之养也。体莫贵于心，故养莫重于义。义之养生人，大于利矣。”（《春秋繁露》第三十一篇《身之养重于义》）自此以后义利之争充斥乎学者著作之中。到了宋代，道学家虽然板起脸孔，重义而不言利，然而尚有李觏者，他说：“利可言乎？曰人非利不生，曷为不可言……孟子谓何必曰利，激也，焉有仁义而不利者乎。”（《李直讲文集》卷二十九《原文》）又有苏洵者，他固以为“利之所在，天下趋之”（《嘉祐集》卷九《上皇帝书》），所以主张徒义必不能以动人，他说：“武王以天命诛独夫纣，揭大义而行，夫何恤天下之人，而其发粟散财何如此之汲汲也。意者，虽武王亦不能以徒义加天下也……君子之耻言利，亦耻言夫徒利而已……故君子欲行之（义），必即于利；即于利，则其为力也易；戾于利，则其为力也艰。利在则义存，利亡则义丧……必也天下无小人，而后吾之徒义始行矣。呜呼难哉。”（同上卷八《利者义之和论》）

由《红楼梦》书中不忘吃饭，而竟谈到“义与利”，读者必将认为文不对题。其实，吃饭是利之起点，又是利之重点。世人日夜勤劳，劳苦其筋骨，胼胝其手足，为的什么呢？吃饭而已，穿衣而已。吃饭穿衣不能解决，岁暖而妻呼寒，年丰而儿啼饥，则忿怒之气将勃发而为叛变。西汉之赤眉，东汉之黄巾，晋之流民，隋之群盗，唐之黄巢，宋之方腊，元之刘福通，明之李自成、张献忠，哪一次不是因为吃饭问题，弄到中原萧条，千里无烟？那些坐在象牙塔里，手执玉柄麈尾，高谈阔论，研究老庄思想，均是汉魏华胄，而属于大地主阶级。他们吃饭问题已经解决，故有余闲光阴，作此清谈。至于一般细民，劳苦终日，欲求一饱而不可得，何暇谈到玄理？

空话太多，言归正题，贾府吃饭到底是依哪一处风俗，我未曾研究，且不欲研究。依《红楼梦》所载，宁荣两府本已分家，既已分家，当然是各爨的。荣府有赦、政两房，虽未分家，亦已各爨，但其各爨并不是贾赦一房在一处吃饭，贾政一房在一处吃饭，而是贾赦与邢夫人两人，贾政与王夫人两人各在各的房里吃饭。古者，男子往往弱冠而婚，翁媳的年龄相差无几，为预防帷薄不修之故，翁媳多不同桌而食，例如“贾珍进来吃饭，贾蓉之妻（胡氏）回避了”（第五十三回）。这不是因为古代男女之防严于今日，反而是古代男女之乱甚于今日，吾人读过《左传》，就可知道子烝其庶母者有之，父纳其子媳为妾者亦有之。社会愈淫乱，礼禁愈严格，所以礼禁的严格不能证明风俗之善良，反而只可证明风俗的邪僻。

我屡次提到黛玉初进荣国府，在贾母房里吃饭。此时在贾母房里吃饭的，除贾母及黛玉外，只有迎春姊妹三人。贾母等吃完了饭，王夫人方引李纨、凤姐退下，各在各的房里用饭。凤姐为贾琏之妻，贾赦的媳，并不与贾赦、邢夫人同桌而食。凤姐为王夫人的内侄女，亦不在王夫人处吃饭。所以荣府虽然不曾分家，而已各爨分食，此种分食之制是否依吾国古代礼法，《礼》云："姑姊妹、女子子、已嫁而反，兄弟弗与同席而坐，弗与同器而食。"（《礼记注疏》卷二《曲礼上》）而况翁媳。何以知贾府有此法禁，贾蓉之妻胡氏回避贾珍，已述于上。就以凤姐言之，当贾琏同黛玉往扬州办理林如海丧事，回京之日，"凤姐命摆上酒馔来，夫妻对坐。凤姐虽善饮，却不敢任兴，只陪侍着。……正说着，王夫人又打发人来瞧凤姐吃完了饭不曾。凤姐便知有事等他，赶忙的吃了饭，漱口要走"（第十六回），"贾琏正同凤姐吃饭，一闻呼唤（贾政唤贾琏商量小和尚小道士之事），放下饭便走"（第二十三回）。此两者都可以证明平时凤姐是和贾琏同在房里吃饭。至于平儿，则有其四样分例菜，有时凤姐高兴，许其同桌而食，然平儿还要"屈一膝于炕沿之上，半身犹立于炕下，陪着凤姐儿吃了饭，伏侍漱口"，而后方能走开（第五十五回）。

以上只就平素吃便饭言之，至于家有宴会，他们坐法也与今人不同，不用八仙桌，八人一席，不用圆桌，十人一席，而乃随时变更。例如第二十二回，“上面贾母、贾政、宝玉一席。王夫人、宝钗、黛玉、湘云又一席，迎春、探春、惜春三人又一席，俱在下面。……李宫裁、王熙凤在里间，又一席”（此时贾环明明在座，贾政还遣他与两个婆子将贾兰唤来，贾母命贾兰在身边坐了，不知贾环与何人同席）；第三十五回，“凤姐放下四双，上面两双是贾母、薛姨妈，两边是宝钗、湘云的”（此时迎春及黛玉均因身体不舒服，不来吃饭，只有探春、惜春来了，不知探春、惜春坐在那里，我想大约是宝钗、湘云坐一边，探春、惜春又坐一边，故云“两边”）；第三十八回，“凤姐忙安放杯箸。上面一桌：贾母、薛姨妈、宝钗、黛玉、宝玉。东边一桌：湘云、王夫人、迎、探、惜。西边靠门一小桌，李纨和凤姐虚设座位，二人皆不敢坐，只在贾母、王夫人两桌上伺候”；第四十回，“贾母带着宝玉、湘云、黛玉、宝钗一桌。王夫人带着迎春姐妹三人一桌。刘老老挨着贾母一桌”；第四十回，“上面二榻四几是贾母、薛姨妈，下面一椅两几是王夫人的，余者都是一椅一几。东边刘老老，刘老老之下便是王夫人。西边便是湘云，第二便是宝钗，第三便是黛玉，第四迎春、探春、惜春挨次排下去，宝玉在末。李纨、凤姐二人之几，设于三层槛内，二层纱橱之外”。以上只是临时便餐或游宴，其正式宴会，如第五十三回所记，“贾母花厅上摆了十来席酒，每席旁边设一几。……上面两席是李婶娘、薛姨妈坐；东边单设一席，乃是短榻，靠背、引枕、皮褥俱全。榻上设一个轻巧小几……贾母歪在榻上……在旁边一席，命宝琴、湘云、黛玉、宝玉四人坐着……只算他四人跟着贾母坐。下面方是邢夫人王夫人之位；下边便是尤氏、李纨、凤姐、贾蓉的媳妇（胡氏）；西边便是宝钗、李纹、李绮、岫烟、迎春姐妹等。……廊上几席就是贾珍、贾琏、贾环、贾琮、贾蓉、贾芹、贾芸、贾菖、贾菱等”。第七十五回，“凡桌椅形式皆是圆的，特取团圆之意。上面居中，贾母坐下，左边贾赦、贾珍、贾琏、贾蓉，右边贾政、宝玉、贾环、贾兰，团团围坐，只坐了半桌，下面还有半桌余空”。奇怪，贾母居中，左边四人，右边四人，共计九人，何以说“只坐了半桌”。贾母笑道：“往常倒还不觉人少，今日看来，究竟咱们的人也甚少，算不得什么。……如今叫女孩儿们来坐那边罢。”于是令人向围屏后邢夫人等席上，将迎春、探春、惜春三个叫过来。贾琏、宝玉等一齐出坐，先尽他姊妹坐了，然后在下依次坐定。由上举文字看来，贾府宴会如何坐法，实难作一结论，或三人一席，最多不过五六人，或仅一人占一几，千变万化，毫无一定规则，而与今人宴会之坐法绝不相同。喜欢考证之人何不依《红楼梦》所描写的便饭时及宴会时的坐法，以证明曹雪芹确是汉军旗人的曹霑。

吾曾写过一篇文章（适忘文章的题名，亦忘记发表在哪一个杂志），说明中国的赌博（比赛）及吃饭。中国的赌博及各种比赛，都是单刀匹马，或以一对三（如马将），或以一对一（如比拳术）。赌博若同外国桥牌一样，两人暗通消息，则为舞弊。比赛绝没有和外国之足球、篮球、棒球一样，若干人合为一组，与对方竞争。倘若有人要暗中助我一臂之力，则必加以警告："你承认我是你的朋友么？承认，请你作壁上观，不要助我。你若助我，不要怪我不知好歹，我将以你为敌人。"这种话在武侠小说中，读者必已看到多次，所以我说：赌博或比赛在吾国，可以培养个人独立作战的勇气，然而因此却丧失了多数人合作的精神。一位中国人与一位外国人比较，孰优孰劣，谁都不能决定，也许中国人还胜过外国人。但一组中国人与一组外国人比较，则中国人常处于败北的地位。为什么呢？自幼缺乏共同作战的训练。

至于中国吃饭尤其多数人宴会之时，其坐法又与外国的坐法不同，外国的桌子常排作口形，左右对面都可以看到，只要相离不远，亦可以交谈。反之中国的宴会或用圆桌，或用八仙桌。入席之时，往往是熟识的人自动地联合起来，共坐一桌，别桌的人也是一样。因此此桌与彼桌虽然均是主人的来宾，而来宾彼此之间，除同桌之人之外，丝毫不相闻问。所以我谓中国宴会的坐法可以养成中国人喜欢组成小组织的习惯。此种习惯若不消除，则舍小异而采大同的全国团结，亦难做到。

十五、《红楼梦》所描写的官场现象

奇怪得很，吾国小说关于官场现象，均不写光明方面，而只写黑暗方面。小说乃社会意识的表现，社会意识对于官僚若有好的印象，绝不会单写黑暗方面；单写黑暗方面，可见古代官场的肮脏。贾蓉说过：“从古至今，连汉朝和唐朝，人还说‘脏唐臭汉’，何况咱们这宗人家！”（第六十三回）吾国郅治之世，汉唐为盛，汉称文景，唐称贞观、开元，自唐以后，寂焉无闻。何以有此现象？盖国人出仕，为发展才干，扬名于后世，以显父母者寡；为取得禄俸，以养父母，使父母能够过其优异的生活者多。仕之目的如此，而官之禄俸又甚菲薄，若不枉法而受财，将暮夜所得一部分，上献权贵，不但官位不保，甚至身家也有危险。

《红楼梦》曾详述两人出仕的情形，一是贾雨村（第四回），一是贾政（第九十九回）。今以此两人的资料为主，并旁引其他各回，说明当时官场恶习。前者描写干练之官不能不向豪门低首，后者描写清廉之官不能不受吏胥挟制。现在先把豪门及吏胥作广泛的叙述，而后再进一步，对于官场习气，举出《红楼梦》所述的例子，加以说明。

先就豪门说，豪门之在吾国，始于何时，本书不拟考证（大约始于战国时代的封君），而单以汉代为例言之。汉初，虽为强干弱枝之故，徙郡国豪强以实园陵，然而强宗大族的势力并不少衰。吾人观部刺史以诏书六条问事，其中一条乃察“强宗豪右，田宅逾制，以强凌弱，以众暴寡”。另一条又察“二千石阿附豪强，通行货赂，割损政令”（《汉书》卷十九上《百官公卿表》注引《汉官典职仪》），即可知之。然此压制又未必就有效果。宣帝时代，涿郡“大姓西高氏东高氏，自郡吏以下皆畏避之，莫敢与牾，咸曰宁负二千石，无负豪大家”（同上卷九十《严延年传》）。元帝时代，颍川“郡大姓原褚（师古注“原褚二姓也”）宗族横恣，宾客犯为盗贼，前二千石莫能禽制”（同上卷七十六《赵广汉传》）。此不过略举两例为证。此种豪强只是地方土豪，与膏粱世家不同。其力虽足以欺陵细民，而尚不足以抗拒官府，所以严延年一到涿郡，赵广汉一到颍川，他们就不敢干犯法纪。降至东汉，豪宗大族愈益横行。马援为陇西太守，“任吏以职，但总大体而已……诸曹时白外事，援辄曰此丞掾事，何足相烦……若大姓侵小民，黠羌欲旅距（聚众相抗拒），此乃太守事耳”（《后汉书》卷五十五《马援传》）。由此可知汉世郡守固以压制豪强为其主要职事之一，然而我们须知郡守对于贵戚还是莫如之何。光武南阳人，“前后二千石逼惧帝乡贵戚，多不称职”（同上卷五十八《王畅传》）。末年，豪强兼并，土地大见集中，而勋臣外戚金绍相继，政治上渐发生了世官之制，而形成为魏晋南北朝的士族。士族皆汉魏华胄而为豪门之大者，其小的则为地方土豪。士族至五代完全消灭，土豪到了清末，还有势力。

次就吏胥说，吏胥萌芽于魏晋南北朝的士族政治之中，而以典签为其胚子。秦汉之世，官与吏未曾区别，隋唐以后，官与吏别为二途。由儒而进者为官，由吏出身者不参官品。此种区别至宋弥甚，盖宋代用人太过讲求资格，而行政又受许多法与例的拘束，法既繁了，例更繁杂。叶适说“国家以法为本，以例为要，其官虽贵也，其人虽贤也，然而非法无决也，非例无行也。骤而问之，不若吏之素也，蹔而居之，不若吏之久也。知其一不知其二，不若吏之悉也。故不得不举而归之吏”（《水心集》卷一《上孝宗皇帝札子》）。吏每依例舞弊，“所欲与，则陈与例；欲夺，则陈夺例，与夺在其牙额”（《宋史》卷三百七十八《刘一止传》）。叶适又说：“自崇宁极于宣和，士大夫之职业，虽皮肤蹇浅者亦不复修治，而专从事于奔走进取。其簿书期会一切唯吏胥之听，而吏人根固窟穴，权势熏炙……故今世号为公人世界，又以为官无封建，而吏有封建者，皆指实而言也。”（《水心集》卷三《吏胥》）此言并非过甚其辞。贾政为粮道，粮房书办告知管门李十儿：“我在这衙门内已经三代了。”（第九十九回）此非“吏有封建”而何？其实，儒与吏乃如马端临所说：“今按西都（西汉）公卿大夫或出于文学，或出于吏道……未尝偏有轻重……后世儒与吏判为二途，儒自许以雅而诋吏为俗，于是以刬繁治剧者为不足以语道。吏自许以通而诮儒为迂，于是以通经博古者为不足以适时。而上之人又不能立兼收并蓄之法，过有抑扬轻重之意。于是拘谫不通者一归之儒，放荡无耻者一归之吏，而二途皆不足以得人矣。”（《文献通考》卷三十五《选举考》）

豪门及吏胥已经说明清楚了。吾人观贾雨村及贾政之事，可以猜知当时官场习气；分析之，可分类如次。唯在说明之时，并随处引用《红楼梦》上有关事件以为证。

一是地方官不可得罪巨室。所谓巨室，即一个家族如果有人出为显宦，其兄弟子侄在本省则为乡绅，而不肖的且由乡绅变为土豪。贾雨村由姑苏县令，因贪酷免职，后起复委用，而为应天知府，接任伊始，便遇到薛蟠杀人命案。雨村本不愿因公枉法，但听了门子之言，不觉踌躇起来。

> 门子道："老爷荣任到此，难道就没抄一张本省的'护官符'来不成？"雨村忙问："何为'护官符'？"门子道："如今凡作地方官者，皆有一个私单，上面写的是本省最有权势极富贵的大乡绅名姓，各省皆然。倘若不知，一时触犯了这样的人家，不但官爵，只怕连性命也难保呢。所以叫作'护官符'。"（第四回）

门子一面说，一面取出一张抄的护官符，上面皆是本地大族名宦之家的俗谚口碑。所谓大族名宦之家就是贾史王薛。

> 门子道："这四家皆连络有亲，一损俱损，一荣俱荣。扶持遮饰，皆有照应的。今告打死人之薛……也不单靠这三家，他的世交亲友在都在外者本亦不少。老爷如今拿谁去？……小的闻得老爷补升此任系贾府王府之力。此薛蟠即贾府之亲，老爷何不'顺水行舟'，做个人情，将此案了结？日后也好去见贾、王二公。"雨村道："事关

人命……岂可因私枉法？”门子听了冷笑道：“老爷说的何尝不是；但如今世上是行不去的！岂不闻古人有言，‘大丈夫相时而动’；又曰‘趋吉避凶者为君子’。依老爷这么说话，不但不能报效朝廷，亦且自身不保。还要三思为妥。”（第四回）

结果，雨村接受门子的忠告，便“徇情枉法，胡乱判断了此案”。并“疾忙修书二封与贾政并京营节度使王子腾”，告以“令甥之事已完，不必过虑”（第四回）。

二是巨室尤其土豪必须仰仗官府之力，而后在其本乡，才得为所欲为。贾、史、王、薛四家虽非土豪，而却是地方上极有权势的门阀。尤其贾、薛二家，简直可斥之为土豪劣绅。薛蟠之任意杀人固无论矣。贾赦欲娶鸳鸯为妾，对她哥哥金文翔说：“凭他嫁到了谁家，也难出我的手心！除非他死了，或是终身不嫁男人，我就服了他！要不然时，叫他趁早回心转意。”（第四十六回）这种话岂是绅士所说，完全是恶霸的口吻。贾赦又假手应天府尹贾雨村，强夺石呆子的扇子，“弄得人家倾家败产”（第四十八回）。宁府贾珍竟于丁忧之时，开赌场，“引诱世家子弟赌博”，后竟成为抄家的原因之一（第七十五回、第一百五回）。此非有恃无惧，安敢如此？案官府愿为豪门走狗，不是要从中渔利，而是要讨好权贵，借以保全自己的官位，吾人观门子对贾雨村说，老爷不肯因私枉法，“不但不能报效朝廷，亦且自身不保”，即可知之。凤姐为了三千两银子，令来旺去托长安节度使云光设法破坏张家的女儿与长安守备的公子的婚约（第十五回）。那老尼静虚说：“我想如今长安节度云老爷与府上相好。”（第十五回）果然所料不错，“那节度使名唤云光，久悬贾府之情，这些小事，岂有不允之理”。然而因此，竟然害了痴情男女双双自杀（第十五回、第十六回）。

三是官僚多系翻云覆雨的人。他们不识友谊为何物，而只有利害关系。当你有权有势之时，他们虽然鞠躬如也拍马，一旦你失去权势，他又眼睛朝天，侃侃如也训你一场。训犹可也，最可怕的是落井添石，再加以重重地打击。贾雨村依贾府之力，由革职之知县（第二回），起复为应天府尹（第三回），步步高升（第五十三回、第九十二回）。当贾府尚未落败以前，雨村在京之时，常往来宁荣两府，以表示同宗之谊。到了贾府被参，他倒狠狠地踢了一脚。据街上行人说：

> 那个贾大人（雨村）更了不得！我常见他在两府来往，前儿御史虽参了（参宁荣两府罪状），主子还叫府

尹（雨村，他已升为刑部尚书，为着一件事，降了三级，见第九十二回）查明实迹再办。你道他怎么样？他本沾过两府的好处，怕人说他回护一家儿，他倒狠狠地踢了一脚，所以两府里才到底抄了。你道如今的世情还了得么！（第一百七回）

两府既已抄家，薛蝌告诉贾政，说道："可恨那些贵本家都在路上说：'祖宗撂下的功业，弄出事来了，不知道飞到哪个头上去呢？大家也好施为施为。'"（第一百五回）贾家宗族如此，其他亲戚朋友如何呢？他们听到皇上旨意，将荣国公世职着贾政承袭，"那些趋炎奉势的亲戚朋友，先前贾宅有事，都远避不来；今儿贾政袭职，知圣眷尚好，大家都来贺喜"（第一百七回）。王符说得好："富贵则人争附之，此势之常趣也；贫贱则人争去之，此理之固然也……俗人之相于（相亲相疏之意）也，有利生亲，积亲生爱，积爱生长，积长生贤，情苟贤之，则不自觉心之亲之，口之誉之也。无利生疏，积疏生憎，积憎生非，积非生恶，情苟恶之，则不自觉心之外之，口之毁之也。是故富贵虽新，其势日亲。贫贱虽旧，其势日疏，此处子（即处士）所以不能与官人竞也。"（《潜夫论》第三十篇《交际》）人情不过如此，官场尤甚。其能于人困厄之际，不断地访问慰劳，或于人受了群小围攻，而能奋然而起，拔剑相助，而又无求于人，其在今日，说他不是君子，吾不之信。

以上是以贾雨村为主干，说明豪门权贵的势力可令官人助其为虐。以下再以贾政为主干，说明吏胥如何胁制官人，使其不能不听其播弄。

（一）贾政为工部郎中，以考绩优异，外放为江西粮道（第九十六回）。粮道管理钱谷，犹如财政厅厅长。凡在粮道衙门工作的，都有发财的机会。哪知贾政一心想做好官，“州县馈送，一概不受”。门房签押等人本想在外发财，“向人借贷，做衣裳，装体面”，以为“到了任，银钱是容易的了”。不想贾政为人正派，许多用人“来了一个多月，连半个钱也没见过”。于是管门的李十儿就同粮房书办詹会“咕唧了半夜”，叫差役们全体怠工。贾政出门拜客，轿夫久久不来。轿子抬出衙门，炮只响了一声。鼓吹“只有一个打鼓，一个吹号筒”，而“执事却是搀前落后”。勉强拜客回来，便唤李十儿问道：“跟我来这些人，怎样都变了？你也管管。”李十儿说道：“那些书吏衙役都是花了钱买着粮道的衙门，哪个不想发财？俱要养家活口。”上头太过清廉，下人得不到好处，只有典当为生。“衣裳也要当完了，账又逼起来，那可怎么样好呢”（第九十九回）。案吾国不知何时开始，地方衙署的职役均无薪俸，与汉制之有百石小吏者不同。宋时，民户分为九等，上四等给役，余五等免之。推立法之意，应该是许人以钱雇役，即欲有钱的出钱，无钱而出力的得钱。只因宋之职役太过苛酷，上户虽欲出钱雇人，而贫者亦不肯就，于是上户只有自己往役，王安石变法，熙宁三年始制天下吏禄，然而积弊难除，吏胥赇取如故（参阅拙著《中国社会政治史》）。自是而后，地方衙署职役原则上均无薪俸，即朝廷是坐听他们受赇枉法以维持生活。

（二）贾政拜客回来，“隔一天，管厨房的上来要钱，贾政将带来银两付了，以后便觉样样不如意，比在京的时候倒不便了好些”。李十儿又趁贾政缺少银钱之时，出了花样，使贾政一时无法应付。

> 李十儿禀道：“老爷说家里取银子，取多少？现在打听节度衙门这几天有生日，别的府道老爷都上千上万地送了，我们到底送多少呢？”贾政道：“为什么不早说？”李十儿说：“老爷最圣明的。我们新来乍到，又不与别位老爷很来往，谁肯送信？巴不得老爷不去，好想老爷的美缺呢。”贾政道：“胡说！我这官是皇上放的，不与节度做

生日，便叫我不做不成！”李十儿笑着回道：“老爷说的也不错！京里离这里很远，凡百的事，都是节度奏闻。他说好便好，说不好便吃不住。到得明白（大约是说家里的钱虽到，用作祝敬），已经迟了。”（第九十九回）

依李十儿之言，凡是肥缺，人人均有欲得之心，非平素极有交情的朋友，不会来告节度使的寿辰在于哪一天。节度使于寿辰之日，得到府道所送之金钱不少；而府道所送的金钱，可取偿于州县；州县的馈送又可取偿于百姓。层层馈赠无异于层层买官。葛洪说：“争取聚敛，以补买官之费。”（《抱朴子·外篇》卷十五《审举》）而最后吃亏的，还是老百姓。

（三）李十儿确是一个老滑吏。他深知官人的作风，接任之始，说得愈严的，做得愈宽。盖说严使人战栗，人愈战栗，则送贿愈多。看吧！每一个官人上台，不是说某某食品含有防腐剂，应严厉禁止发售吗？曾几何时，那件食品不是还在发售？查其原因何在？佛说：“不可知。”贾政以清洁自居，李十儿却泼下冷水，说道：

百姓说：凡有新到任的老爷，告示出得越利害，越是想钱的法儿，州县害怕了，好多多地送银子。收粮的时候，衙门里便说，新道爷的法令，明是不敢要钱，这一留难叨登，那些乡民心里愿意花几个钱，早早了事。所以那些人不说老爷好，反说不谙民情。（第九十九回）

贾政的确洁身自爱，他知“外省州县，折收粮米，勒索乡愚这些弊端……便与幕宾商议，出示严禁，并谕以一经查出，必定详参揭报”（第九十九回）。而今听了李十儿的话，只有寒心。李十儿又说：

老爷极圣明的人，没看见旧年犯事的几位老爷吗？这几位都与老爷相好，老爷常说是个做清官的，如今名在哪里？现有几位亲戚，老爷向来说他们不好的，如今升的升，迁的迁，只在要做的好就是了。……若是依着老爷，不准州县得一个大钱，外头这些差使谁办？（第九十九回）

清者名在哪里？所得朝廷的奖励，革职而已。浊者或升或迁，反有干练之名。贾政听了，竟弄到心无主见，便放任李十儿自作威福，“哄着贾政办事，反觉得事事周到，件件随心，所以贾政不但不疑，反都相信”，幕友“见得如此，得便用言规谏，无奈贾政不信”（第九十九回），然而远在京城的王夫人却已得了消息，她对贾琏说：

> 自从你二叔放了外任，并没有一个钱拿回来，把家里的倒掏摸了好些去了。你瞧，那些跟老爷去的人：他男人在外头不多几时，那些小老婆子们都金头银面的装扮起来了，可不是在外头瞒着老爷弄钱？（第一百三回）

最后，贾政果给“那些家人在外招摇撞骗，欺凌属员，把好名声都弄坏了”。节度使便加参劾，谓贾政“失察属员，重征粮米，请旨革职”，就由皇上下旨，“姑念初膺外任，不谙吏治，被属员蒙蔽，着降三级，加恩，仍以工部员外上行走，并令即日回京”（第一百二回）。

据李十儿之言，外官贪浊乃是普遍的现象，贾政被参，因其属员做得过火。现在试问，吾国自古就有御史制度，御史何以不能尽职？商鞅有言：“夫置丞立监者，且以禁人之为利也，而丞监亦欲为利，则何以相禁。”（《商君书》第二十四篇《禁使》）贾琏偷娶尤二姐，凤姐令来旺叫尤二姐未婚夫张华“往有司衙门，控告贾琏仗财依势，强迫退亲”；他方又令王信“托察院，只要虚张声势，惊唬而已，又拿了三百银子给他去打点。那察院收了银，次日即说张华无赖，因拖欠贾府银两，妄捏虚词，诬赖良人”，“都察院素与王子腾相好，况是贾府之人，巴不得了事。便也不提此事，只传贾蓉对词”，“贾蓉即刻封了二百银子，着人去打点察院”，贾蓉也无事了（第六十八回）。御史如此，哪又安能澄清吏治？然而吾人由此尚可知道豪门的势力，不但可以控制地方官，且又进而控制中央的都察院。

十六、色与空、宝玉的意淫及其出家

色即是空，空即是色，这是在不同时间上说明色与空两个形相。贾府的公子哥儿却在同一时间内，一方玩“色”，一方赏“空”，而又不知“说什么脂正浓，粉正香！如何两鬓又成霜？昨日黄土陇头埋白骨，今宵红绡帐底卧鸳鸯”（第一回）。明白言之，贾府公子哥儿，一方玩女人，同时信佛道，其矛盾生活与南朝士大夫相同。

杜牧有两首诗，其一首云：“商女不知亡国恨，隔江犹唱后庭花。”这是于“色”的方面，说明南朝士族的“色”的生活。另一首云：“南朝四百八十寺，多少楼台风雨中。”这是于“空”的方面，说明南朝士族信佛之盛。色是淫奢生活，空是清净生活，两种不同的生活，同时合于一身。这表示什么呢？表示士人的精神已经分裂，精神分裂之极，影响到人格方面，而令人格变为双重人格。所谓双重人格是患者的人格分裂为两个，各自控制其行为，在俄顷之间，各个分立的人格交替出现，使其人前一刻的行为与后一刻的行为互相矛盾，一人判若两人。此种变态心理所以发生，实因士族生活太过优裕，又得“平流进取，坐至公卿”。他们没有勤劳的必要，只消磨光阴于娱乐之中。但是任何娱乐若没有劳动以为调剂，俄顷之间，就不能引起神经的反应，而致失去滋味。这个时候他们要刺激疲倦的神经，非有新娱乐不可。然而不论什么东西都有一定限度，他们的神经受了新娱乐的刺激，固然暂时可以发生反应，而不久神经又复疲钝，而使新娱乐失去滋味，到了最后，一切娱乐均不能引起他们的反应，由是他们便由色入空。空既尝了，又觉无味，复由空入色。这样，反复不已，他们的生活便“色”“空”一齐俱来。

贾府除贾政外，诸人均未做过职事官，每日在家宴饮作乐，贾母就是领导享乐的人。她一方喜欢热闹，同时又极迷信，每天捐出五斤油，令马道婆供奉“大光明普照菩萨”，永保“儿孙康宁”（第二十五回），即其证据。宁府中，贾敬想做神仙，在元真观内每日炼丹（第二回、第六十三回）。其子贾珍“一味高乐不了”，“恣意奢华”（第二回、第十三回），珍子蓉又与其父“素日有聚麀之诮”（第五十四回）。荣府内，贾政虽然正派，而贾赦房中，“姬妾丫鬟最多，贾琏每怀不轨之心”（第六十九回），此宁荣两府关于“色”的追求。然而同时却信仰“空”的宗教，不但佛教而已，且亦信仰道教。我在说明妙玉的假清高处，已经提到和尚庙及道士观与贾府有关系的不少，且列表以供读者参考。即贾府的人都是多神教的教徒。小孩出痘疹，则供奉痘疹娘娘（第二十一回），每年四月二十六日芒种节，又设摆各色礼物祭饯花神（第二十七回）。此不过略举两例，以证明贾府的迷信（后者也许是一种娱乐）。案吾国自古即崇拜多神，《礼》云：“夫圣王之制祭祀也，法施于民则祀之，以死勤事则祀之，以劳定国则祀之，能御大灾则祀之，能捍大患则祀之。”（《礼记注疏》卷四十六《祭法》）此皆出于报功之意。古有五行之官，死则“祀为贵神。木正曰句芒，火正曰祝融，金正曰蓐收，水正曰玄冥，土正曰后土”（《左传》昭公二十九年），此则有似于多神。史云：“八神将自古而有之。八神：一曰天主，二曰地主，三曰兵主，四曰阴主，五曰阳主，六曰月主，七曰日主，八曰四时主。”（《史记》卷二十八《封禅书》）据友人杨亮功先生研究，阴主及阳主均是生殖器之神。唐代释道宣说：“天曰神，祭天于圆丘。地曰祇，祭地于方泽。人曰鬼，祭之于宗庙。龙鬼降雨之劳，牛畜挽犁之效，或立形村邑，树像城门。”（《广弘明集》卷十唐终南山释道宣撰《叙王明广请兴佛法事》）如是，一切事物均可祀之为神。

宝玉日夜周旋于娥眉堆里，于“色”的方面为“意淫”的人。照警幻仙姑说，“如尔，则天分中生成一段痴情，吾辈推之为意淫。唯‘意淫’二字可心会而不可口传，可神通而不可语达。汝今独得此二字，在闺阁中固可为良友，然于世道中未免迂阔怪诡，百口嘲谤，万目睚眦。”（第五回）兹举数则，以证明宝玉之意淫。

（一）对于黛玉　宝玉之于黛玉，爱惜备至，《红楼梦》述之甚详，而均不及于乱。下列所举一事，可视为意淫之一例。“宝玉揭起绣线软帘，进入里间，只见黛玉睡在那里……宝玉道：‘我也歪着。’……宝玉道：‘没有枕头，咱们在一个枕头上罢。’黛玉道：‘放屁！外面不是枕头？’宝玉出去外间，看了一看，回来笑道：‘那个我不要。’黛玉听了……将自己枕的推与宝玉，又起身将自己的再拿了一个来自己枕上。二人对着脸儿躺下。……（宝玉）只闻得一股幽香，却是从黛玉袖中发出，闻之令人醉魂酥骨。宝玉一把便将黛玉的衣袖拉住，要瞧瞧笼着何物。……黛玉冷笑道：‘难道我也有什么罗汉真人给我些奇香不成？’……宝玉笑道：‘凡我说一句，你就拉上这些。……从今儿可不饶你了！’说着，将两只手呵了两口，便伸向黛玉隔肢窝内两胁下乱挠。黛玉素性触痒……忙笑道：‘好哥哥，我可不敢了！’宝玉笑道：‘饶便饶你，只把袖子我闻一闻。’说着，便拉了袖子，笼在面上，闻个不住。黛玉夺了手道：‘这可该去了。’宝玉笑道：‘要去不难，咱们斯斯文文的躺着说话儿。’说着，复又躺下。黛玉也躺下，用绢子盖上脸。宝玉有一搭没一搭的说些鬼话，黛玉只不理”（第十九回）。两人对着脸儿，躺在床上，说说笑笑，而不及于乱，此之谓意淫。若是张生与崔莺莺，就不同了，“软玉温香抱满怀，呀，刘阮到天台。春至人间花弄色，柳腰款摆，花心轻折，露滴牡丹开”（《西厢记·酬简》）。

（二）对于湘云　宝玉之于湘云，不是毫无情意。他暗存金麒麟，等着给湘云看，竟令黛玉恐两人借此做出风流佳事（第二十九回、第三十一回、第三十二回）。但湘云性豪爽，有话便说，使宝玉不敢向她致情意。但下列一事，亦可表示宝玉对湘云的意淫。“次早，天方明时，（宝玉）便披衣靸鞋往黛玉房中来……那黛玉严严密密裹着一幅杏子红绫被，安稳合目而睡。湘云却一把青丝，拖于枕畔；一幅桃红绸被，只齐胸盖着，衬着那一弯雪白的膀子，撂于被外，又带着两个金镯子。宝玉见了，叹道：‘睡觉还是不老实！回来风吹了，又嚷肩膀疼了。’一面说，一面轻轻地替他盖上。黛玉早已醒了，觉得有人，就猜着是宝玉……黛玉道：‘你先出去，让我们起来。’……湘云洗了脸，翠缕便拿残水要泼，宝玉道：‘站着，我趁势儿洗了就完了，省得又过去费事。’说着，便走过来弯着腰洗了两把，紫鹃递过香肥皂去，宝玉道：‘这盆里就不少了，不用了。’再洗了两把，便要手巾。……（宝玉）见湘云已梳完了头，便走过来，笑道：‘好妹妹，替我梳梳呢。’湘云道：‘这可不能了。……如今我忘了怎么梳呢。’宝玉……千妹妹万妹妹的央告。湘云只得扶过他的头来一一梳篦。……宝玉因镜台两边都是妆奁等物……不觉顺手拈起了一盒子胭脂，意欲往口边送，又怕湘云说，正犹豫间，湘云在身后伸过手来，啪的一下，将胭脂从他手中打落。说道：‘不长进的毛病儿，多早晚才改呢？’”（第二十一回）

（三）对于宝钗　宝钗年龄比宝玉大两岁，为人寡言笑，颇有涵养，宝玉当然不能视为小妹妹而亲昵之，但宝玉对她非无“意淫”之念。“宝玉笑道：‘宝姐姐，我瞧你的那香串子呢。’可巧宝钗左腕上笼着一串，见宝玉问他，少不得褪了下来。宝钗原生的肌肤丰泽，一时褪不下来。宝玉在旁边看着雪白的胳膊，不觉动了羡慕之心，暗暗想道：‘这个膀子若长在林姑娘身上，或者还得摸一摸；偏长在他身上，正是恨我没福！’忽然想起‘金玉’一事来，再看看宝钗形容，只见脸若银盆，眼同水杏，唇不点而含丹，眉不画而横翠；比黛玉另具一种妩媚风流。不觉就呆了。宝钗褪下串子来给他，他也忘了接。”（第二十八回）

以上三位均是大家淑媛，宝玉对于她们虽有“一段痴情”，而不敢有任何轻佻的行为，如他对于袭人那样（第六回）。现在再举两例，证明宝玉的意淫。

（一）对平儿　平儿是凤姐房中的大丫头，其实就是贾琏的妾。贾琏与鲍二的老婆通奸，凤姐泼醋，怀疑平儿素日也有怨言，便把平儿打了几下。平儿受了委屈，贾母令人安慰，“宝玉便让平儿到怡红院中来”。“宝玉素日因平儿是贾琏的爱妾，又是凤姐儿的心腹，故不肯和他厮近，因不能尽心，也常认为恨事”，现在机会来了，先令袭人开了箱子，拿出两件衣裳，给平儿换一换。次由自己走到妆台，取出茉莉粉，给平儿扑在面上。再次“宝玉又将盆内开的一支并蒂秋蕙，用竹剪刀铰下来，替平儿簪在鬓上”，“宝玉因自来从不曾在平儿前尽过心……深以为恨。今日是金钏儿（已投井死）生日，故一日不乐。不想后来闹出这件事来，竟得在平儿前稍尽片心，也算今生意中不想之乐。因歪在床上，心内怡然自得”（第四十四回）。代替平儿做一点事，心中便怡然自得，这便是意淫。

（二）对香菱　香菱是薛家大丫头，其实就是薛蟠的妾。香菱在大观园内，和芳官等玩花草，竟把裙子给积雨污湿了。正在恨骂之时，宝玉拿着一枝并蒂菱来了，看到香菱低头弄裙，因说道：“你快休动，只站着方好；不然，连小衣、膝裤、鞋面都要弄上泥水了。我有主意：袭人上月做了一条和这个一模一样的，他因有孝，如今也不穿，竟送了你换下这个来，何如？”香菱首肯之后，宝玉就回到房中，心中暗想“往日平儿也是意外想不到的，今儿更是意外之意外的事了”。袭人开箱，取出裙子，随宝玉来到香菱那里。香菱“命宝玉背过脸去，自己向内解下来，将这条裙子系上”。香菱见宝玉蹲在地下，将她的夫妻蕙与宝玉的并蒂菱，用树枝挖了一个坑，把这菱蕙放在坑内，撮土掩埋平伏。香菱拉他的手笑道：“这又叫作什么？怪道人人说你惯会鬼鬼祟祟，使人肉麻呢。”二人分开走了数步，香菱复转身回来，叫住宝玉。香菱红了脸，说道：“裙子的事可别和你哥哥（薛蟠）说，就完了。”（第六十二回）拿袭人的裙子，给香菱去换，却认为“今儿更是意外之意外的事”，这也是意淫。

凤姐诞辰就是年前金钏投井之日（第三十回、第三十二回），宝玉同焙茗出城，向水仙庵借了香炉，拣一个干净地方，放在井台上，“掏出香来焚上；含泪施了半礼”（第四十三回），以表示心中的歉意。但宝玉平素喜欢“谤僧毁道”（第十九回），而非迷信的人。他对焙茗说：

> 我素日最恨俗人不知原故，混供神，混盖庙。这都是当日有钱的老公们和那些有钱的愚妇们，听见有个神，就盖起庙来供着，也不知那神是何人，因听些野史小说，便信真了。比如这水仙庵里面，因供的是洛神，故名水仙庵。殊不知古来并没有个洛神，那原是曹子建的谎话。谁知这起愚人就塑了像供着。今儿却合我的心事，故借他一用。（第四十三回）

现在试问宝玉虽然多方钟情，而达到“意淫”的境界，何以出家为僧？吾人以为宝玉生于富贵之家，朝夕相处的均是貌美如花的妇女。过去那样荣华，那样热闹，如今家抄穷了，许多美女死的死，嫁的嫁，守寡的守寡，有的为贼劫去，有的出家为尼。今昔比较一下，能不伤心？伤心之极，只有遁入山林。遁入山林，只是见了“断井颓垣”，就会回想到当年“姹紫嫣红开遍”（第二十三回，出自《牡丹亭》）。那还不如“剃度在莲台下”，“赤条条，来去无牵挂”（第二十二回），这是宝玉出家的原因。即宝玉不是看破红尘而出家，而是伤心之极而出家。宝玉出家之时，年才十九岁（第一百二十回）。过去士大夫之家多禁止年轻人看《红楼梦》，不是因为《红楼梦》是诲淫之书——《红楼梦》并不诲淫——而是因为年轻人血气未定，看了《红楼梦》，不免发生悲观之念，而致失掉壮志。

十七、紫鹃的修行与袭人的出嫁

孔子说："岁寒，然后知松柏之后凋也"（《论语·子罕》），此即"疾风知劲草，板荡识忠臣"之意。余曾看过一本小说，其书名已忘记了。该小说谓一个人是忠或是奸，不可专听其言。在你得意之时，他不断地捧你，称赞你，说你如何如何的能干，如何如何的爱国爱民，此种人绝靠不住。一旦你失去权势，前此捧你上天，现在将贬你下地狱；前此说你能干，现在将责你尸位素餐；前此称你爱国爱民，现在将骂你卖国虐民。孔子说："始吾于人也，听其言而信其行，今吾于人也，听其言而观其行。"（同上《公冶长》），言之不可信也如此。

紫鹃及袭人均是贾母房中的丫头，紫鹃派往伺候黛玉，袭人派往伺候宝玉。黛玉初到荣府之时，贾母派丫头伺候黛玉的是鹦哥（第三回），不是紫鹃。我最初以为鹦哥更名为紫鹃，但《红楼梦》第一百回有“鹦哥等小丫头仍伏侍老太太”，则鹦哥不是紫鹃，明甚。但紫鹃何时派往伺候黛玉，作者未曾查到。

紫鹃对于黛玉可以说是忠心耿耿，她见黛玉的痴情，宝玉多处钟情，乃妄言黛玉将回苏州，以试探宝玉，那知宝玉信以为真，发起傻闹（第五十七回）。及至宝玉病愈，紫鹃说：“这原是我心里着急，才来试你”，“我并不是林家的人……偏把我给了林姑娘使，偏偏他又和我极好……一时一刻，我们两个离不开。……故说出这谎话来问你，谁知你就傻闹起来。”（第五十七回）到了晚间，紫鹃回到黛玉房中，宽衣卧下之时，悄向黛玉笑道：“宝玉的心倒实，听见咱们去，就这么病起来。……我倒是一片真心为姑娘。替你愁了这几年了：又没个父母兄弟，谁是知疼着热的？趁早儿，老太太还明白硬朗的时节，作定了大事要紧。……娘家有人有势的，还好；要像姑娘这样的，有老太太一日好些，一日没了老太太，也只是凭人去欺负罢了。所以说，拿主意要紧。”（第五十七回）

及至黛玉听到傻大姐告诉她，宝玉要娶宝钗之事，不觉恍恍惚惚，也发起疯傻来了（第九十六回）。黛玉回到潇湘馆，“吐出血来，几乎晕倒，亏了紫鹃同秋纹扶他到屋里来”（第九十七回）。此时贾府诸人忙着宝玉结婚之事，固然贾母曾到潇湘馆看视一次，黛玉喘吁吁地说道：“老太太，你白疼了我了！”贾母一闻此言，十分难受，便道：“好孩子，你养着罢！不怕的！”而离开之后，便告诉凤姐等道：“我看这孩子的病，不是我咒他，只怕难好！”（第九十七回）此后荣府中上下人等都不过来，连一个问的人都没有。黛玉睁开眼，只有紫鹃一人，自料万无生理，因向紫鹃说道：“妹妹，你是我最知心的，虽是老太太派你伏侍我这几年，我拿你就当作我的亲妹妹。”紫鹃听了，一阵心酸，早哭得说不出话来（第九十七回）。紫鹃看了黛玉咳血、喘气、焚稿（同上），心想“这些人怎么竟这样狠毒冷淡”，急请李纨过来，不久探春亦至，而黛玉魂归离恨天了（第九十八回）。

黛玉既死，贾母听了，眼泪交流，说道：“是我弄坏了他了！但只是这个丫头也忒傻气。”说着，便要到园里去哭她一场，又惦记着宝玉，两头难顾，只得叫王夫人自去，又说：“你替我告诉他的阴灵：‘并不是我忍心不来送你，只为有个亲疏。你是我的外孙女儿，是亲的了；若与宝玉比起来，可是宝玉比你更亲些。倘宝玉有些不好，我怎么见他父亲呢！’”（第九十八回）此时贾政委了江西粮道，不在京城，故有是言。

宝玉既娶宝钗为妇，宝钗告他黛玉已死，“宝玉不禁放声大哭，倒在床上”；醒后，“觉得心内清爽，仔细一想，真是无可奈何，不过长叹数声而已”（同上）。此时，紫鹃已拨在宝玉房中，她与宝钗固然有说有笑，而见到宝玉，便走开了。“那紫鹃的下房就在西厢里间。宝玉悄悄地走到窗下……往里一瞧，见紫鹃……呆呆地坐着”，宝玉要求同她说几句话，紫鹃说：“二爷，我们姑娘在时，我也跟着听俗了。”（第一百十三回）然而紫鹃也知宝玉结婚是在精神恍迷之中，并非忘情负义之徒。“可怜那死的倒未必知道，这活的真真是苦恼伤心，无休无了。算来竟不如草木石头，无知无觉，倒也心中干净”，“想到此处，倒把一片酸热之心，一时冰冷了”（同上）。

冰冷！刚好不久惜春要出家为尼，无人伏侍，紫鹃走上前来，在王夫人面前跪下，说道：“我伏侍林姑娘一场，林姑娘待我，也是太太们知道的，实在恩重如山，无以可报。他死了，我恨不得跟了他去，但只他不是这里的人，我又受主子家的恩典，难以从死。如今四姑娘既要修行，我就求太太将我派了跟着姑娘，伏侍姑娘一辈子，不知太太准不准？若准了，就是我的造化了。”（第一百十八回）准了，“紫鹃终身伏侍，毫不改初”（同上）。

袭人“亦是贾母之婢，本名蕊珠”。宝玉“知他本姓花，又曾见昔人诗句有花气袭人之句，遂回明贾母，即把蕊珠更名袭人”（第三回）。宝玉是在袭人身上初试云雨情，“自此，宝玉视袭人更与别个不同，袭人侍宝玉也越发尽职了”（第六回）。宝玉房中的事由袭人总管，有调动各丫头的权，凤姐要用小红，袭人就做了主，打发小红过去（第二十八回），所以麝月、秋纹等多依附袭人，只唯晴雯例外。晴雯因坠儿窃取平儿的镯子，要立即撵她出去，宋嬷嬷说：“虽如此说，也等花姑娘回来（因母丧回家），知道了，再打发他。”（第五十二回）由宋嬷嬷之言，可知袭人的权力。那知晴雯不甘落在袭人之后，听到宋嬷嬷之言，更要撵坠儿出外。

袭人深得宝玉信任，她出身低贱，未曾受过教育，其教导宝玉的是虚伪欺骗。她对宝玉说：“你真爱念书也罢，假爱也罢，只在老爷跟前，或在别人跟前，你别只管批驳诮谤，只作出个爱读书的样儿来，也叫老爷少生些气，在人跟前，也好说嘴。”（第十九回）由此几句话，可知袭人的性格，其伺候主子，似无特定的忠心。“却说这袭人倒有些痴处，伏侍贾母时，心中只有贾母；如今跟了宝玉，心中又只有宝玉了”（第三回）。贾母与宝玉是直系血亲，固无可訾议。此种性格若用在别人身上，则将如南北朝时马仙琕所说一样，“如失主犬，后主饲之，便复为用”（《梁书》卷十七《马仙琕传》）。

袭人性格如斯，其不能尽节于宝玉，乃是当然的结果。宝玉知袭人之不可恃，必会改嫁。袭人说：“我也愿意跟了四姑娘去修行。”宝玉笑道：“你不能享这个清福的。”（第一百十八回）宝玉又对莺儿说：“你袭人姐姐是靠不住的。”（第一百十九回）宝玉既已出家，依中国旧礼教，宝钗守寡，不成问题。袭人呢？她与宝玉老早肉体上就有关系，而名义上还是丫头，并未正式收之为妾，于是袭人的去留就成为问题。最后就由王夫人与薛姨妈决定，“叫他配一门正经亲事，再多多的陪送他些东西”（第一百二十回）。袭人哥哥花自芳托“亲戚作媒，说的是城南蒋家”。袭人“哭得哽咽难言”，“回过念头想道：‘我若是死在这里，倒把太太的好心弄坏了，我该死在家里才是。’”于是袭人“含悲叩辞了众人”，“怀着必死的心肠上车”。回去见了哥哥嫂嫂，“住了两天，细想起来：‘哥哥办事不错，若是死在哥哥家里，岂不又害了哥哥呢？……’千思万想，左右为难”，到了迎娶吉期，袭人“委委屈屈地上轿而去，心里另想到那里再作打算”。岂知过了门，见那蒋家办事极其认真，全部按着正配的规矩。一进了门，丫头仆妇都称奶奶。袭人此时欲要死在这里，又恐害了人家，辜负了一番好意。“那夜原是哭着，不肯俯就的，那姑爷却极柔情曲意的承顺。”到了第二天开箱，这姑爷看见一条猩红汗布，方知是宝玉的丫头。又故意将宝玉所换那条松花绿的汗巾拿出来。袭人看了，方知这姓蒋的就是蒋玉函，始信姻缘前定，弄得袭人真无死所了（第一百二十回）。

死在贾府，恐弄坏了太太的好心；死在花家，恐害了哥哥；死在蒋家，恐辜负了人家一番好意。结果呢？不死，嫁给蒋玉函了。《红楼梦》作者对此说道：

> 看官听说：虽然事有前定，无可奈何；但孽子孤臣，义夫节妇，这“不得已”三字也不是一概推委得的。……正是前人过那桃花庙的诗上说道：“自古艰难唯一死，伤心岂独息夫人！”

国家新闻出版广电总局
首届向全国推荐中华优秀传统文化普及图书

大家小书书目

国学救亡讲演录	章太炎　著　蒙　木　编
门外文谈	鲁　迅　著
经典常谈	朱自清　著
语言与文化	罗常培　著
习坎庸言校正	罗　庸　著　杜志勇　校注
鸭池十讲（增订本）	罗　庸　著　杜志勇　编订
古代汉语常识	王　力　著
国学概论新编	谭正璧　编著
文言尺牍入门	谭正璧　著
日用交谊尺牍	谭正璧　著
敦煌学概论	姜亮夫　著
训诂简论	陆宗达　著
金石丛话	施蛰存　著
常识	周有光　著　叶　芳　编
文言津逮	张中行　著
经学常谈	屈守元　著
国学讲演录	程应镠　著
英语学习	李赋宁　著
中国字典史略	刘叶秋　著
语文修养	刘叶秋　著
笔祸史谈丛	黄　裳　著
古典目录学浅说	来新夏　著
闲谈写对联	白化文　著
汉字知识	郭锡良　著
怎样使用标点符号（增订本）	苏培成　著
汉字构型学讲座	王　宁　著

诗境浅说	俞陛云 著
唐五代词境浅说	俞陛云 著
北宋词境浅说	俞陛云 著
南宋词境浅说	俞陛云 著
人间词话新注	王国维 著 滕咸惠 校注
苏辛词说	顾 随 著 陈 均 校
诗论	朱光潜 著
唐五代两宋词史稿	郑振铎 著
唐诗杂论	闻一多 著
诗词格律概要	王 力 著
唐宋词欣赏	夏承焘 著
槐屋古诗说	俞平伯 著
词学十讲	龙榆生 著
词曲概论	龙榆生 著
唐宋词格律	龙榆生 著
楚辞讲录	姜亮夫 著
读词偶记	詹安泰 著
中国古典诗歌讲稿	浦江清 著 浦汉明 彭书麟 整理
唐人绝句启蒙	李霁野 著
唐宋词启蒙	李霁野 著
唐诗研究	胡云翼 著
风诗心赏	萧涤非 著 萧光乾 萧海川 编
人民诗人杜甫	萧涤非 著 萧光乾 萧海川 编
唐宋词概说	吴世昌 著
宋词赏析	沈祖棻 著
唐人七绝诗浅释	沈祖棻 著
道教徒的诗人李白及其痛苦	李长之 著
英美现代诗谈	王佐良 著 董伯韬 编
闲坐说诗经	金性尧 著
陶渊明批评	萧望卿 著

古典诗文述略	吴小如　著
诗的魅力 ——郑敏谈外国诗歌	郑　敏　著
新诗与传统	郑　敏　著
一诗一世界	邵燕祥　著
舒芜说诗	舒　芜　著
名篇词例选说	叶嘉莹　著
汉魏六朝诗简说	王运熙　著　董伯韬　编
唐诗纵横谈	周勋初　著
楚辞讲座	汤炳正　著 汤序波　汤文瑞　整理
好诗不厌百回读	袁行霈　著
山水有清音 ——古代山水田园诗鉴要	葛晓音　著
红楼梦考证	胡　适　著
《水浒传》考证	胡　适　著
《水浒传》与中国社会	萨孟武　著
《西游记》与中国古代政治	萨孟武　著
《红楼梦》与中国旧家庭	萨孟武　著
《金瓶梅》人物	孟　超　著　张光宇　绘
水泊梁山英雄谱	孟　超　著　张光宇　绘
水浒五论	聂绀弩　著
《三国演义》试论	董每戡　著
《红楼梦》的艺术生命	吴组缃　著　刘勇强　编
《红楼梦》探源	吴世昌　著
《西游记》漫话	林　庚　著
史诗《红楼梦》	何其芳　著 王叔晖　图　蒙　木　编
细说红楼	周绍良　著
红楼小讲	周汝昌　著　周伦玲　整理

曹雪芹的故事	周汝昌 著 周伦玲 整理
古典小说漫稿	吴小如 著
三生石上旧精魂 ——中国古代小说与宗教	白化文 著
《金瓶梅》十二讲	宁宗一 著
中国古典小说十五讲	宁宗一 著
古体小说论要	程毅中 著
近体小说论要	程毅中 著
《聊斋志异》面面观	马振方 著
《儒林外史》简说	何满子 著
我的杂学	周作人 著 张丽华 编
写作常谈	叶圣陶 著
中国骈文概论	瞿兑之 著
谈修养	朱光潜 著
给青年的十二封信	朱光潜 著
论雅俗共赏	朱自清 著
文学概论讲义	老 舍 著
中国文学史导论	罗 庸 著 杜志勇 辑校
给少男少女	李霁野 著
古典文学略述	王季思 著 王兆凯 编
古典戏曲略说	王季思 著 王兆凯 编
鲁迅批判	李长之 著
唐代进士行卷与文学	程千帆 著
说八股	启 功 张中行 金克木 著
译余偶拾	杨宪益 著
文学漫识	杨宪益 著
三国谈心录	金性尧 著
夜阑话韩柳	金性尧 著
漫谈西方文学	李赋宁 著
历代笔记概述	刘叶秋 著

周作人概观	舒　芜　著
古代文学入门	王运熙　著　董伯韬　编
有琴一张	资中筠　著
中国文化与世界文化	乐黛云　著
新文学小讲	严家炎　著
回归，还是出发	高尔泰　著
文学的阅读	洪子诚　著
中国文学1949—1989	洪子诚　著
鲁迅作品细读	钱理群　著
中国戏曲	么书仪　著
元曲十题	么书仪　著
唐宋八大家 ——古代散文的典范	葛晓音　选译
辛亥革命亲历记	吴玉章　著
中国历史讲话	熊十力　著
中国史学入门	顾颉刚　著　何启君　整理
秦汉的方士与儒生	顾颉刚　著
三国史话	吕思勉　著
史学要论	李大钊　著
中国近代史	蒋廷黻　著
民族与古代中国史	傅斯年　著
五谷史话	万国鼎　著　徐定懿　编
民族文话	郑振铎　著
史料与史学	翦伯赞　著
秦汉史九讲	翦伯赞　著
唐代社会概略	黄现璠　著
清史简述	郑天挺　著
两汉社会生活概述	谢国桢　著
中国文化与中国的兵	雷海宗　著
元史讲座	韩儒林　著

魏晋南北朝史稿	贺昌群　著
汉唐精神	贺昌群　著
海上丝路与文化交流	常任侠　著
中国史纲	张荫麟　著
两宋史纲	张荫麟　著
北宋政治改革家王安石	邓广铭　著
从紫禁城到故宫——营建、艺术、史事	单士元　著
春秋史	童书业　著
明史简述	吴　晗　著
朱元璋传	吴　晗　著
明朝开国史	吴　晗　著
旧史新谈	吴　晗　著　习　之　编
史学遗产六讲	白寿彝　著
先秦思想讲话	杨向奎　著
司马迁之人格与风格	李长之　著
历史人物	郭沫若　著
屈原研究（增订本）	郭沫若　著
考古寻根记	苏秉琦　著
舆地勾稽六十年	谭其骧　著
魏晋南北朝隋唐史	唐长孺　著
秦汉史略	何兹全　著
魏晋南北朝史略	何兹全　著
司马迁	季镇淮　著
唐王朝的崛起与兴盛	汪　篯　著
南北朝史话	程应镠　著
二千年间	胡　绳　著
论三国人物	方诗铭　著
辽代史话	陈　述　著
考古发现与中西文化交流	宿　白　著
清史三百年	戴　逸　著

清史寻踪	戴　逸　著
走出中国近代史	章开沅　著
中国古代政治文明讲略	张传玺　著
艺术、神话与祭祀	张光直　著
	刘　静　乌鲁木加甫　译
中国古代衣食住行	许嘉璐　著
辽夏金元小史	邱树森　著
中国古代史学十讲	瞿林东　著
历代官制概述	瞿宣颖　著
宾虹论画	黄宾虹　著
中国绘画史	陈师曾　著
和青年朋友谈书法	沈尹默　著
中国画法研究	吕凤子　著
桥梁史话	茅以升　著
中国戏剧史讲座	周贻白　著
中国戏剧简史	董每戡　著
西洋戏剧简史	董每戡　著
俞平伯说昆曲	俞平伯　著　陈　均　编
新建筑与流派	童　寯　著
论园	童　寯　著
拙匠随笔	梁思成　著　林　洙　编
中国建筑艺术	梁思成　著　林　洙　编
沈从文讲文物	沈从文　著　王　风　编
中国画的艺术	徐悲鸿　著　马小起　编
中国绘画史纲	傅抱石　著
龙坡谈艺	台静农　著
中国舞蹈史话	常任侠　著
中国美术史谈	常任侠　著
说书与戏曲	金受申　著
世界美术名作二十讲	傅　雷　著

中国画论体系及其批评	李长之　著
金石书画漫谈	启　功　著　赵仁珪　编
吞山怀谷 ——中国山水园林艺术	汪菊渊　著
故宫探微	朱家溍　著
中国古代音乐与舞蹈	阴法鲁　著　刘玉才　编
梓翁说园	陈从周　著
旧戏新谈	黄　裳　著
民间年画十讲	王树村　著　姜彦文　编
民间美术与民俗	王树村　著　姜彦文　编
长城史话	罗哲文　著
天工人巧 ——中国古园林六讲	罗哲文　著
现代建筑奠基人	罗小未　著
世界桥梁趣谈	唐寰澄　著
如何欣赏一座桥	唐寰澄　著
桥梁的故事	唐寰澄　著
园林的意境	周维权　著
万方安和 ——皇家园林的故事	周维权　著
乡土漫谈	陈志华　著
现代建筑的故事	吴焕加　著
中国古代建筑概说	傅熹年　著
简易哲学纲要	蔡元培　著
大学教育	蔡元培　著 北大元培学院　编
老子、孔子、墨子及其学派	梁启超　著
春秋战国思想史话	嵇文甫　著
晚明思想史论	嵇文甫　著
新人生论	冯友兰　著

中国哲学与未来世界哲学	冯友兰　著
谈美	朱光潜　著
谈美书简	朱光潜　著
中国古代心理学思想	潘　菽　著
新人生观	罗家伦　著
佛教基本知识	周叔迦　著
儒学述要	罗　庸　著　杜志勇　辑校
老子其人其书及其学派	詹剑峰　著
周易简要	李镜池　著　李铭建　编
希腊漫话	罗念生　著
佛教常识答问	赵朴初　著
维也纳学派哲学	洪　谦　著
大一统与儒家思想	杨向奎　著
孔子的故事	李长之　著
西洋哲学史	李长之　著
哲学讲话	艾思奇　著
中国文化六讲	何兹全　著
墨子与墨家	任继愈　著
中华慧命续千年	萧萐父　著
儒学十讲	汤一介　著
汉化佛教与佛寺	白化文　著
传统文化六讲	金开诚　著　金舒年　徐令缘　编
美是自由的象征	高尔泰　著
艺术的觉醒	高尔泰　著
中华文化片论	冯天瑜　著
儒者的智慧	郭齐勇　著
中国政治思想史	吕思勉　著
市政制度	张慰慈　著
政治学大纲	张慰慈　著
民俗与迷信	江绍原　著　陈泳超　整理

政治的学问	钱端升　著　钱元强　编
从古典经济学派到马克思	陈岱孙　著
乡土中国	费孝通　著
社会调查自白	费孝通　著
怎样做好律师	张思之　著　孙国栋　编
中西之交	陈乐民　著
律师与法治	江　平　著　孙国栋　编
中华法文化史镜鉴	张晋藩　著
新闻艺术（增订本）	徐铸成　著
经济学常识	吴敬琏　著　马国川　编

中国化学史稿	张子高　编著
中国机械工程发明史	刘仙洲　著
天道与人文	竺可桢　著　施爱东　编
中国医学史略	范行准　著
优选法与统筹法平话	华罗庚　著
数学知识竞赛五讲	华罗庚　著
中国历史上的科学发明（插图本）	钱伟长　著

出版说明

“大家小书”多是一代大家的经典著作，在还属于手抄的著述年代里，每个字都是经过作者精琢细磨之后所拣选的。为尊重作者写作习惯和遣词风格、尊重语言文字自身发展流变的规律，为读者提供一个可靠的版本，“大家小书”对于已经经典化的作品不进行现代汉语的规范化处理。

提请读者特别注意。

北京出版社